5
蝸牛く
Kumo Kag
插畫／神奈月
哥布林殺手
GOBLIN SLAYER!
He does not let anyone roll the dice.

哥布林殺手

人物介紹

CHARACTER PROFILE

——保護、治癒、拯救。『地母神的三聖言』

女神官
Priestess

與哥布林殺手組隊的少女。因心地善良，常被哥布林殺手魯莽的行動耍得團團轉。

——換言之，我等於是對他們而言的哥布林。

哥布林殺手
Goblin Slayer

在邊境小鎮活動的怪人冒險者。單靠討伐哥布林就升上銀等（位列第三階）的罕見存在。

——沒有筆也沒有紙，又怎麼有辦法冒險？

櫃檯小姐
Guild Girl

在冒險者公會工作的女性。總是被率先擊退哥布林的哥布林殺手所助。

——無論何時，對她而言最重要的，
都是天氣、家畜、農作物，還有他。

牧牛妹
Cow Girl

在哥布林殺手所寄宿的牧場工作的少女。也是哥布林殺手的青梅竹馬。

——無知的人才有福。
因為知道就是極致的喜悅。『妖精格言』

妖精弓手
High Elf Archer

與哥布林殺手一起冒險的妖精少女。擔任獵兵（Ranger）職務的神射手。

© 2017 Noboru Kannatuki
5
哥布林殺手
G O B L I N
He does not let
roll the dice.

「才正要開始發育啊……好好喔。」

「妳、妳沒頭沒腦，突然講這什麼話嘛……！」

小鬼司祭
用模仿蜥蜴僧侶的滑稽手勢招了招手，
引一行人進城門。

是哥布林。
古城的中庭。
過往這座白堊廣場會湧出泉水，
也用於設宴禮賓。
然而泉水枯竭、冰雪深鎖，
庭園失去草木，
騎士的身影也消逝已久。
如今已然遭小鬼據地遊樂，
淪為滿是血漬與穢物的
垃圾堆置場。

輕銀利刃一閃而過。
不屬於魔劍或聖劍，卻是一把配得上勇者的寶劍。
一名越過火焰之壁，為了同胞，現身討滅仇敵的神之使徒。

Contents

GOBLIN SLAYER!

He does not let anyone roll the dice.

「鍛鍊自己，揮刀屠戮。會出血的就不是敵手。」——鋼的祕密之一端

重戰士 Heavy Warrior

隸屬於邊境之鎮冒險者公會的銀等級冒險者。和女騎士等人一同組成邊境最棒的團隊。

——龍是不會逃避的。

蜥蜴僧侶 Lizard Priest

與哥布林殺手一起冒險的蜥蜴人僧侶。

——無論寶石還是金屬，琢磨前都是石塊。這世上沒有一個礦人，會用外表來判斷事物。

礦人道士 Dwarf Shaman

與哥布林殺手一起冒險的礦人術師。

「愛並非對望，而是並肩望向同一個去處。」——某位詩人

劍之聖女 Sword Maiden

水之都的至高神神殿大主教，同時也是過去和魔神王一戰的金等級冒險者。

我不想讓值得尊敬的敵手，變成明天的朋友。至少今天還不行。

長槍手 Lancer

隸屬邊境小鎮冒險者公會的銀等級冒險者。

——神祕與愛，愈透過舌尖編織就愈鬆散，更不用說是女性之美了。

魔女 Sorceress

隸屬邊境小鎮冒險者公會的銀等級冒險者。

喔喔，冒險者啊——
竟然死了，何其遺憾。
刻在墓碑上的只有短短四字。
因為冒險者啊，我不知道你的名字。
即使你連名字都沒留下就逝去。
冒險者啊，若你稱我為友。
喔喔，我的朋友啊。
竟然死了，何其遺憾。

第1章 『預演』 Tutorial

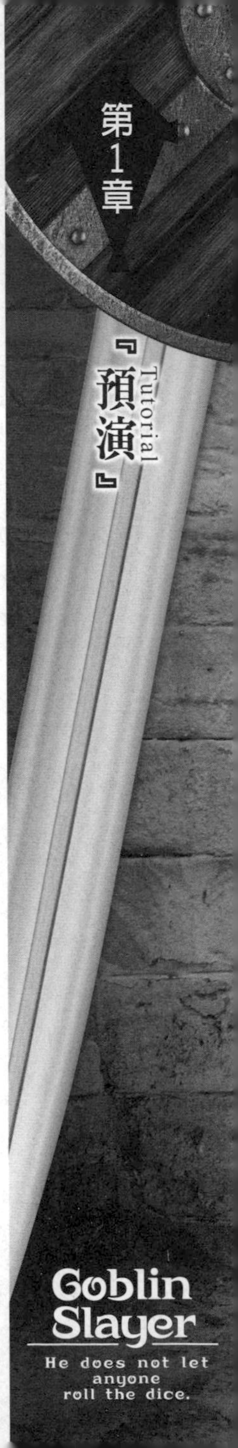
Goblin
Slayer
He does not let
anyone
roll the dice.

「過去妳那邊了！」

鈴鐺般的嗓音，以不輸給風雪呼嘯聲的音量，響徹在戰場上。

將美麗的蜂蜜色波浪卷髮綁成兩束，花樣年華少女的一雙碧眼閃閃發光。

她是一名盛裝參加宴會還比較合適、千金小姐般的冒險者。

想必曾化上美麗妝容的臉頰，即使此刻身在雪地，仍因戰鬥的緊張而滴下汗水。

豐滿的胸口以胸甲保護，細得不需要束腰的腰部則包裹著皮甲。

手上雪亮的銀製刺劍，是從老家帶出來的傳家寶。

劍身以雷鎚鍛打紅色寶石而成的輕銀所製，柔軟而鋒利。

一名女戰士一邊親熱地開著玩笑，一邊從這樣的她身旁跑過。

「我當然知道！先別管這些，妳可別滑倒了啊！」

「真是的！我才沒那麼迷糊！」

誰知道呢？這名女戰士身穿薄胸甲，一頭楓葉般的紅髮下微微露出長耳。

森人踏著跳舞似的步伐，手中細劍閃動。

千金劍士擊潰的對手正倉皇驚懼，她沒有理由放過這個空檔。

「ORARARAG!?」

「GAROARARA!?」

醜陋的小型怪物一隻接著一隻，胸口濺出髒汙的血沫，內臟滾落，就此斷氣。

說起這種怪物的名稱，活在四方世界者無人不知、無人不曉，應該也不為過。

深綠色皮膚，泛黃而亂糟糟的牙齒，具備惡童般狡猾的不祈禱者（Non-Prayer）。

地上最弱小的怪物——也就是哥布林。

暴風雪中仔細一看，到處都可以瞥見小鬼蠢動的身影。

也不知道牠們是不在意寒冷，或是不知道禦寒的方法，只直接把毛皮捲在皮膚上。

至於手上的武器，只有石斧、棍棒，或是綁上骨片的簡陋短槍。

但他們仍對冒險者們滿懷敵意、憎恨與欲望，並不逃避，而是正面對敵。

「到了這個地步，已經不再覺得可悲，反而覺得滑稽了呢。」

千金劍士以惹人憐愛的模樣哼了一聲。

「嘿嘿，兩位姊姊果然厲害！」

這時不知道打哪兒傳來一個輕薄的說話聲，完全不把暴風雪放在心上。

甚至堪稱天真無邪的開朗語氣，讓半森人不由得皺起眉頭。

「別鬧了，做你的工作！」

「好唷。」

短劍無聲無息地劃過，刀刃溜進了小鬼肋骨間的縫隙。

小鬼被人從背後刺上一刀（Backstab），瞪大眼睛斃命。

輕輕一腳踢倒屍體現身的，是一名小個子的圃人斥候（Rare Scout）。

他踏住屍體，拚命想拔出陷進屍體中的短劍。

即使哥布林再笨，也不可能放過這個破綻。

「嗚哇!?」

「GORBBB！」

「GROOOB！」

圃人斥候大聲驚呼，從靠數量優勢包圍的小鬼棍棒下跳開。

「快點，別發呆。」

一道嬌小而頑強的影子攔在兩者之間，護著這名圃人斥候。

這名身體有如岩石一般的礦人(Dwarf)僧侶，舉起了戰鎚(Warhammer)。

金屬塊毫不留情地擊碎哥布林的頭蓋骨，使腦漿噴濺而出，讓罪孽深重的靈魂升天。

「不好意思啊，大和尚！」

「沒什麼。」

礦人僧侶對圃人斥候這句話也答得若無其事，甩去黏在戰鎚上的眼球。

「喂，術師，遠方還有一、兩隻呢。」

「我當然看得見。」

應聲的是名穿著一身不起眼——或說樸素——純白長袍的壯年魔法師。

這名凡人(Hume)像是在顯示過人的睿智，摸著下巴，嘴角浮現剽悍的微笑。

他一邊以長袍下顯露的手迅速結印，一邊以教科書般的動作舉起法杖。

「大小姐，可否勞駕您一起出招？」

「那當然！」

魔法師的話，讓千金劍士雀躍地點點頭。

她高舉美麗手指上鑲著閃亮寶石的戒指，與魔法師共同念出蘊含真實力量的話語。

「『沙吉塔（箭）……凱爾塔（必中）……拉迪烏斯（射出）』！」

「『特尼特爾斯（雷電）……歐利恩斯（發生）……雅克塔（投射）』！」

改寫世界運行之理的真言迸發，兩種法術襲向小鬼。

魔法師射出的「力箭（Magic Missile）」，化為數柄超常的箭矢，刺穿了小鬼。

千金劍士的「閃電（Lightning）」則一路將白雪化為蒸汽，擊中小鬼。

肆虐過後，留下的只有兩具分別全身開孔與燒焦的小鬼屍骨，以及積雪底下露出的地面。

但相信這場下個不停的雪，過不了多久，就會把這一切都掩蓋過去。

「手到擒來。」

半森人女劍士咻一聲甩去愛劍上的血，收劍入鞘。圃人斥候吹了吹口哨。

「怎麼？狀況這麼好？」

「輕敵的態度可讓人不太敢恭維啊。」

叮嚀她的自然是礦人僧侶，壯年魔法師則悠哉地說：

「無妨。畢竟法術管用，應該不至於發生什麼太危急的狀況。」

這支團隊（Party）輕而易舉地解決了與哥布林的遭遇戰，重新確認自己的戰果。

他們合作無間，也並未受傷，儘管動用到法術，仍是大獲全勝。

冒險者們的眼神中，燃燒著希望、野心之類閃閃發光的熱情。

背後是北國的寒村。住著一群因為在怪物的威脅下擔心受怕，需要保護的弱小人們。

前方則是艱險卻美麗的白雪高山。

其中一處，存在張開血盆大口的深淵入口，正等著他們。

哪怕對手是哥布林……不，正因為是哥布林。

剿滅哥布林——倘若這不叫冒險，又該叫作什麼呢！

「是啊，你們放心吧。」

千金劍士毅然站了出來，一頭金髮隨風飄揚，回頭對同伴們氣宇軒昂地說了：

「本小姐自有妙計！」

第2章『大規模戰鬥』Mass Combat

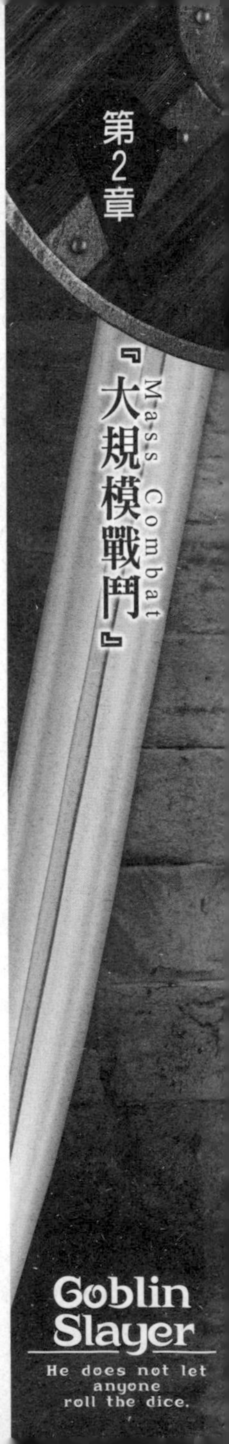
Goblin Slayer
He does not let anyone roll the dice.

——哥布林殺手先生惠鑒。

冰雪精靈飛舞的時節已至，寒冷徹骨時分，近來可還安好？

冒險者是一種迎向危險，以身體為資本的職業，請小心別著涼了。

至於我，不可思議的是，自那次以來，連夢中都不再有那些小鬼出現，日子過得十分平靜。

這也全都是拜您和您的夥伴所賜，謹在此表達由衷的感謝。

原先也心想，應該盡早寫封信給您……

但沒什麼要事卻捎信，總讓我有些難為情，況且又自制地想到不該打擾。

還請見諒。

那麼，這次之所以提起筆來，所為無他。

乃有一事相求，想委託您處理。

事情的開端，是一位千金小姐離開雙親的庇護，當上了冒險者。這是很常有的事。

而她接下委託出發後，便音訊全無，很不幸的，這也並非稀奇之事。

雙親前來委託公會搜尋女兒下落，也絕對稱不上罕見。

問題在於，這位千金小姐所承接的委託，乃是剿滅哥布林。

之後的情況，您一定已經明白了吧？

搜索委託中，加上了一個條件：「請由最值得信賴的高階冒險者處理」。

然而，相信沒有高階的冒險者，會願意接下剿滅哥布林的任務。

公會的人來找我商量，而我除了您以外，再也想不到第二個人選。

想必您諸事繁忙（收穫祭的事，我也有所耳聞）。

倘若有餘力，能否請您對這位可憐的姑娘伸出援手？

無論是否允應，小女子都由衷祈求您平安。

順頌　時祺。

「劍之聖女恭祝安好——……信上是這麼寫的。凡人（Hume）的信可真熱情。」

森人輕快的話聲，開朗地在冬季的大道上響起。

一條道路延伸得很長很長，從荒涼的原野間橫貫而過。

景觀一成不變，一路所見，盡是枯樹與積了雪的樹下矮草稀疏散布。

天空就像塗滿了鉛色的雲，一望無際，毫無趣味。

在這灰色的世界中，她神采奕奕的開朗嗓音，聽來分外鮮明。

這名森人苗條的軀體上，穿著一身獵人裝束，背著弓箭，愉悅地擺動長耳朵。

妖精弓手那貓一般的好奇心，當然不是只會發揮在冒險上。

她將手上的信俐落地折好，用長長的手指夾住，傳給身後的人。

「我沒看過幾封別的信，所以不太清楚。大家都這麼熱情嗎？」

「誰知道呢……」

接過信的凡人少女露出含糊的笑容，委婉地表達自己的不知所措。

她嬌小的身軀上穿著鍊甲，鍊甲上披著聖袍，手持錫杖，乃是神官。

原來如此，是一封內容有點情書味道的信。要說會不會好奇，的確是會。

——可是，這樣傳閱實在覺得過意不去……

要是自己的信被人這樣傳閱，真的會一蹶不振。

「……不、不過，天氣的確很冷呢。」

因此她決定強行把話題帶往保險的方向。

愈是往北，天空就愈是布滿了厚重的雲層。陽光被遮蔽，照不到地上。吹過的風冰冷刺骨，還開始摻雜著少許白色的物體。是冬天。

任何人看了大道上微微積起的雪，自然都會明白。

「我大概是因為裡頭穿著鍊甲，還是覺得有點涼……」

「所以我才說金屬的東西不好！」

妖精弓手挺起胸膛哼哼兩次，得意地上下擺動長耳朵。

一看之下，她的一身獵人裝束，的確並未使用任何金屬。

而一旁回答「囉嗦」的，則是礦人（Dwarf）術師。

「我才覺得虧妳穿那麼薄的衣服都不會冷呢。」

「哎呀，森人可是意外的強健喔？」

「不就是俗話說的什麼什麼不會感冒嗎？」

礦人捻著鬍鬚這麼調侃，妖精弓手隨即面紅耳赤地逼問：「你說什麼！」

吵吵鬧鬧。和平常一樣的熱鬧互動。女神官微笑著說了句：「真拿你們沒辦法。」

「唔……還有精神如這般鬥嘴，著實令人羨慕。」

在女神官身旁重重點頭的，是高大的蜥蜴人（Lizardman）。

蜥蜴人本身具有可怕的龍族血統，但他們是來自南洋的種族。

雪地的寒冷幾乎令人凍僵，讓蜥蜴僧侶（Lizardman）長滿鱗片的身體不停顫抖。

女神官看不下去，戰戰兢兢地仰望他的臉。

「……請問你還好嗎？」

「聽說貧僧的父祖輩也很畏寒，也許已經嚴重到滅絕的地步。」

蜥蜴僧侶大大的眼珠子一轉，伸出舌頭，以開玩笑的語氣說下去。

「小鬼殺手兄似乎不怕冷，果然是特別鍛鍊過嗎？」

「……不。」

被叫住的是走在一行人最前面的凡人戰士。

髒汙的皮甲與廉價的鐵盔。腰間掛著一把不長不短的劍，手上綁著一面小圓盾。

即使是初出茅廬的冒險者，穿戴的裝備肯定也比他像樣點。

人稱哥布林殺手，是位列第三階的銀等級冒險者。

唯一和平常不一樣的地方，在於雙手握住的是做工單純的箭。

「因為我受訓的地點就在雪山。」

他一邊行走，一邊用力扭轉箭尾一帶，回答時看都不看同伴一眼。

「喔喔？」蜥蜴僧侶表示佩服，說道：「貧僧可萬萬學不來。」

「我也不想再來一次。」

哥布林殺手對揮動尾巴的蜥蜴僧侶說了這麼一句，也不放慢腳步，繼續往前走。

他的步伐一如往常毫無迷惘，大剌剌而粗獷。

「哥布林殺手先生，請等一下！」

女神官雙手握住錫杖，踏著小鳥般笨拙的步伐，小跑步來到他身旁。

「這個，謝謝你。」

對於讓他停下手上工作而過意不去，女神官說了句「對不起」後，遞出的就是那封信。

礦人道士與妖精弓手還在背後爭吵的此刻，就是大好機會。

她心想除了現在這個時機以外，再也沒有別的機會把信還他，於是做出了這個極具決斷性的行動。

「委託內容都了解了嗎？」

哥布林殺手改用單手持箭，以另一隻手隨手摺起接下的信。

塞信時微微可以瞥見的雜物袋還是老樣子，雜亂地裝滿了各種破銅爛鐵。

但相信對他而言，這些都是經過整理、分類，而且必備的裝備。

——我是不是也該多去籌備各式各樣的道具？

女神官忽然想到這樣的念頭，在腦海中刻下遲早要好好問一問的待辦事項，點了點頭。

「呃……也就是說，只要去救這位女性就可以了吧，從哥布林手中救出來。」

「對。」哥布林殺手點點頭。「換言之就是剿滅哥布林。」

事情的前因後果是這樣的。

邊境之鎮舉辦過收穫祭後，水之都寄來了一封信。

一封與過去一樣、指名哥布林殺手進行委託的，由至高神大主教——劍之聖女寄來的信。

只要是牽扯上哥布林的工作，這個古怪的冒險者不可能不接。

他領著同樣經神殿告知這個消息的女神官，以及妖精弓手、礦人道士、蜥蜴僧侶等人，向北出發。

他們要前往一個位於雪山山腰上的小小寒村，正午剛過的現在，眼看再不久就要抵達。

「但願人還平安……」

「嗯唔……這個嘛，我是不太想說這種話。」

妖精弓手似乎吵架吵膩了，連連搖手，以半打趣的語氣插嘴。

她垂下的一雙長耳朵則與臉上表情相反，為她憂鬱的心情代言。

「……坦白說，我實在不覺得被哥布林擄走，人還能平安。」

「這，是沒錯啦……」

只要看看彼此僵硬的笑容，女神官與妖精弓手在想什麼也就不言可喻。

當然這也不限於哥布林。

無論小鬼還是龍，冒險者一旦落敗，下場都將悽慘得無法用「平安」兩字來形容。

「活著就救援，死了就回收部分遺體或遺物。」

因此，哥布林殺手的回答也是理所當然。他的嗓音平淡、低沉，無機質。

「不管人如何，哥布林都得殺，這委託就是這樣。」

「……你總可以說得委婉點吧。」

也難怪妖精弓手會一臉厭惡，但他顯得毫不在意。

女神官苦笑著說：「那樣太為難他了喔。」微微聳了聳肩膀。

想來並非顧慮到女性成員的感受，但蜥蜴僧侶就是在很自然的時機下開了口：

「不過，小鬼為何會在冬天也襲擊村莊？」

他刻意讓巨大的身軀發抖，強調現在這時節有多冷。

「乖乖待在洞窟裡，明明要快活多了。」

「這個啊，長鱗片的，不就和熊之類的動物一樣嗎？」

礦人道士捻著白鬍鬚回答。

「來，喝個一口，暖暖身體吧。」

「喔喔，這可感激不盡。」

他用長而大的雙顎大口嚥下酒液，拴上木拴，把酒瓶還給礦人道士。

礦人道士搖搖酒瓶，從酒水在瓶中搖動的聲響估計剩下的量，又把瓶子掛回腰間。

「畢竟要過冬，飯啊酒啊點心啊，都非得有儲備不可啊。」

「哎呀，如果是這樣，應該要在秋天去攻擊村莊才對吧？」

身為獵兵（Ranger）的妖精弓手，用食指在空中劃圈，自信滿滿地說了。

「諸如熊之類會冬眠的野獸，都是這麼做。」

「可是吶，冬天不也偶爾會看到熊慢吞吞地在外面閒晃嗎？那又是怎麼回事？」

「因為找不到可以冬眠的洞穴，或是秋天的收穫太少，無可奈何才出來的。」

單論狩獵這方面，再也沒有別的種族像森人這麼專精。

即使礦人道士再怎麼愛鬥嘴，也只能不情願地點頭回答：「說得也有理啊。」

女神官聽著他們兩人的對話，手指抵上嘴脣，「唔」的一聲思索起來。

她隱約覺得，思考所需的材料都已經在腦海中備齊，之後就只差拼湊起來這一步——……

「啊。」

「怎麼啦？」

女神官靈光一閃而叫出聲音，妖精弓手朝她歪了歪頭。

「我在想，」女神官先頓了頓，然後說：「會不會是因為已經收割完了？」

——嗯，只有這個可能。

女神官說著，想法也漸漸整合起來，於是隨著思緒到哪就繼續說下去。

「等村莊或城鎮收割完農作物，穀倉滿了以後……」

「……再一次清空。」

蜥蜴僧侶接過話頭，女神官微微點頭回應：「是。」

「原來如此，小鬼也會做些合理的盤算。」

「我倒覺得單純就只是壞心眼罷了。」

礦人道士捻著鬍鬚，哥布林殺手搖了搖頭說了聲：「不。」

「那些哥布林笨歸笨，但不傻。」

「聽你的口氣，好像很清楚嘛。」

哥布林殺手點點頭，「嗯」了一聲，回答妖精弓手的話。

「他們腦子裡只有掠奪，也因此，在掠奪這件事上會動腦。」

他上下打量用力扭轉過的箭，然後收進掛在腰間的箭筒。

看來他對自己邊走邊做的手工藝成果還算滿意。

「以前有過經驗。」

「是這樣嗎……」

女神官正佩服，身旁的妖精弓手則應了一聲「哼嗯～」，但並非針對他的發言。

是對原本屬於她專門領域的弓箭。

「……那，歐爾克博格對這箭做了什麼？」

「改良。」

「這算改良？」

妖精弓手以令人察覺不到徵兆的動作一個伸手，從箭筒中抽出了箭。

「小心。」

從哥布林殺手並不責怪這點看來，他也已經習慣了她的「不懂裝懂」。

妖精弓手對他一副嫌麻煩模樣說出的話哼了一聲，查看這枝箭。

是枝平凡無奇的便宜貨。品質（Rating）和森人的箭無從相比。

妖精弓手用指尖，往被冬天的陽光照得微微反光的箭頭上輕輕一碰。

「看起來也沒有上毒……」

「今天還沒。」

「等等，別這樣啦。」

妖精弓手聽到他淡淡說出的這句話而皺起眉頭，將箭翻轉過來，結果眨了眨眼說聲：「咦？」

「這枝箭，箭頭都鬆掉了吧？這樣會掉耶？」

聽妖精弓手這麼一說，不難發現的確如此。

由於哥布林殺手用力扭轉箭頭，讓這枝便宜貨的箭頭鬆開了。

這樣一來，即使射中目標，箭身多半也會脫落，而且射擊的精度應該也會下降。

「歐爾克博格真是的，實在拿你沒辦法。」

妖精弓手刻意搖頭聳肩表示「受不了」。

礦人道士在後頭說「又在倚老賣老」，而她置若罔聞。

「來，整個箭筒都給我，我幫你重新裝好。」

哥布林殺手盯著她輕輕伸出的手掌看。

接著他說：「不了」，搖搖頭回答：「這樣就好。」

妖精弓手瞪大了眼睛。

「咦，為什麼？」

「因為這次，我們還不清楚那些小鬼的巢穴在哪。」

「這和這些箭有什麼關聯？」

莫名其妙！

一遇到想不通的事情，妖精弓手就很纏人。

認識她已經快要一年，哥布林殺手嘆了口氣。

「箭插上去，箭身會脫落，只剩箭頭留下。」

「然後呢？」

「鐵就是毒。」

哥布林殺手伸出手，妖精弓手就「嗯」了一聲，乖乖還箭。

拿回箭的哥布林殺手，小心翼翼地將之收進箭筒。

「除非挖出箭頭，否則回到巢穴，肌肉就會腐壞，讓疫情擴散。」

而哥布林之中並沒有會醫術的個體——目前還沒有。

狹窄而汙穢的巢穴。始終難以痊癒的傷。腐敗。疫情蔓延。如此一來……

「還不到一網打盡，但能造成重大打擊。」

「……歐爾克博格還是老樣子，專做一些莫名其妙的事。」

妖精弓手以聲帶抽筋似的語調吐露心聲。

一旁女神官露出一副覺得無可救藥的模樣，仰天長嘆。

——神啊，神啊。他並……大概有惡意，但還是請您寬恕他。

組隊這麼久，如今還要為他的言行吃驚，那真的會吃不消，但她就是無法不這麼祈求。

哥布林殺手原本正視前方，踩著大剌剌的腳步往前走，這時將鐵盔轉過來面向她。

「……有這麼奇妙？」

「……這、呃，這個嘛——」

女神官回答時視線亂飄。

「……畢竟是哥布林殺手先生嘛？」

聽到哥布林殺手低聲說了句「是嗎」，蜥蜴僧侶哈哈大笑。

「別放在心上。這的確很有小鬼殺手兄的風格。」

「也是啦，嚙切丸下手狠辣也不是今天才開始的……」

礦人道士拿起掛在腰間的酒瓶灌了一口，藉以抵禦寒冷。

只是這麼一開瓶，燃燒般的火酒就讓四周飄散出一股酒精氣味。

聽見他的打嗝聲，妖精弓手捏著鼻子連連搖手。

礦人道士以手臂用力擦去鬍鬚上沾到的酒，看了哥布林殺手一眼。

「應該會吃掉吧？照常理來說。畢竟人質也得分糧。如果要過冬，應該沒有理由放她們活命。」

「因為冬天很長。」

哥布林殺手點點頭，淡淡地說道：

「牠們會想要娛樂。」

這句話說完後不久，一行人發現山腳下的村子冒出了黑煙。

§

「歐爾克博格……！」

最先出聲的，是長耳朵忽然一震的妖精弓手。

道路前方不算太遠的地方，竄起了黑煙。是炊煙嗎？不對，不是炊煙。

「哥布林嗎？」

「村子。火。煙。燒焦味。聲響。慘叫……大概，沒錯！」

「哥布林啊。」

哥布林殺手犀利地點點頭，毫不猶豫地拿起背在背上的短弓。

他加快腳步之餘，以熟練的動作撥動弓弦，搭上箭，拉弓。

同時整個團隊更不需要誰吩咐，開始迅速奔跑。

攻擊村莊的哥布林正滿腦子想著劫掠，並沒有發現他們來到的跡象。

他們又如何會犯下放過這個良機的錯誤？

「哥布林殺手先生，神蹟的祈禱……」

女神官的臉因為緊張而繃緊，喘著氣跑來，認真地對他提問。

「麻煩妳。」

「好的！」

女神官也已經過了一年的冒險者生活。

雖說淨是在剿滅哥布林，但冒險的密度並非其他新手所能相比。

所以她不是在問要施展哪一項神蹟，而是要求他下達祈禱的許可。

因為一行人中，和哥布林殺手合作最久的就是她。

「『慈悲為懷的地母神呀，請以您的大地之力，保護脆弱的我等』。」

女神官立刻將錫杖攏向胸口，死命對自己信奉的神獻上祈禱。

消磨靈魂的祈禱所引發的奇蹟。讓自己的意識與天上的諸神接觸，是實實在在的神蹟。

淡而清澈的光從天灑落，籠罩住哥布林殺手與蜥蜴僧侶。

是無數次將哥布林殺手一行人從絕境中拯救出來的「聖壁(Protection)」。

蜥蜴僧侶滑行似的蹬地飛奔，看著繞在身上的燐光，瞇起眼睛。

「唔，如此靈驗的地母神如果是龍，貧僧倒也不是不能考慮改宗。好了……」

他完成了對可畏的父祖龍之祈禱，手上握著鋒利的刀。

蜥蜴僧侶維持隨時都能撲向獵物的敏捷，凝神觀看村莊，犀利地問道：

「小鬼殺手兄，剿滅小鬼或是保護村民，如何抉擇？」

「想也知道，兩者都要。」

他淡淡地回應蜥蜴僧侶。

妖精弓手持弓奔跑的模樣活脫像個獵人，發出了「哦？」的一聲。

哥布林殺手自己也在觀察狀況，同時對蜥蜴僧侶簡短地徵詢意見：

「你怎麼看？」

「……不太妙啊。」

蜥蜴人的神官戰士回答時透出老手（Veteran）的風範。

「獵兵小姐沒聽見刀劍聲。貧僧認為八成是戰鬥已經結束，正劫掠得如火如荼。」

「如果牠們以為已經贏了，就趁機痛擊。雖不清楚敵方戰力……」

這是常有的事。哥布林殺手毫不猶豫。

「我們正面殺進去。」

「龍牙兵（Dragon Tooth Warrior）呢？」

「不叫。理由晚點再說。」

哥布林殺手說完，加快奔跑的速度。

女神官拚了命跟上，礦人道士則踩著笨重的腳步跑得下巴都朝前突出了。他從不敷衍。既然說會解釋，就是會解釋。

因此一行人並未反駁。最重要的是，現在已經沒有時間議論了。

「別用藥，但其他法術不用省。」

「好唷。」

應聲的是團隊中的施法者（Spellslinger），礦人道士。

「要用啥法術，我可以任意決定嗎？」

他用短短的腳奔跑，同時手已經伸進抱著的袋子，翻找觸媒。

敵人的數量想必很多，但也不限於哥布林，在這世上施法者總是占少數。從五個人之中足足有三名施法者這點來看，這支團隊的確得天獨厚。

「交給你。」

哥布林殺手點點頭，看向妖精弓手。

「妳上高處查看狀況，支援大家。」

「好。」

森人就像貓一樣笑容滿面，以優雅的手勢舉起大弓，慢慢搭上箭。

準備已經就緒。哥布林殺手正視前方奔跑之餘，說道：

「首先，一。」

箭無聲無息地射出，陷進在村莊入口悠哉的小鬼後腦。

「ＯＲＡＡＧ⁉」

腦被傷到的小鬼往前軟倒，就不知道牠的同伴是否注意到了。

「不、不要啊⁉救、救命啊，姊、姊姊！」

小鬼正忙著把一名躲在住宅旁桶子裡的少女拖出來。

哥布林抓住尖叫掙扎的少女頭髮，尚未掌握住狀況。

第一隻小鬼斷氣軟倒的同時，木芽箭有如雨點般灑落。

哥布林的喉嚨與眼睛插上了箭，連呻吟也發不出來就倒斃在地。

「歐爾克博格，你給我等一下！擅自開始太賊了啦！」

射殺小鬼的妖精弓手噘起嘴發著牢騷，同時輕快地依序踏上桶子、柱子，攀向屋頂。

這是只有以樹為家的森人才會有的漂亮身手。

「咦、啊——……？」

「我們是冒險者。」

哥布林殺手跑向茫然失神的村姑，簡短地這麼說。

少女年紀幼小，大概才十歲出頭。

她衣著雖然樸素，卻是毛皮所製，一眼就看得出父母把她照顧得很好。

少女看見他掛在胸口的銀色識別牌，當場熱淚盈眶。

銀等級——第三階的冒險者。等級就等同於實力與社會信用，銀色更是邊境最佳的證明。

哥布林殺手一邊毫不大意地警戒四周，一邊接連問出幾個問題。

「哥布林在哪？有多少？其他村民怎麼了？」

「啊，這，呃，我、我，不、不知、道……」

少女因恐懼與後悔而臉色蒼白，連連搖頭。

「可是，大家，被集合到，村子的廣場……姊姊，叫我，躲起來……」

「……不痛快。」

哥布林殺手憤懣地撂下這句話，從箭筒抽出了一枝新的箭。

「一切都讓我不痛快。」

這句話中透露出了各式各樣的情緒。

女神官關心地朝他使了個眼色，毫不猶豫地在少女身前單膝跪下。

「不用擔心喔。我們，一定會救出妳姊姊。」

「真的……？」

「是真的。」

女神官拍了拍自己平坦的胸部，露出花朵綻放般的微笑。

她輕輕摸了摸顫抖少女的頭髮，拿出地母神的聖符給她看，望著她的眼睛說：

「妳看，我是侍奉神的僕從。而且——」

沒錯，就是這個而且。

女神官轉頭仰望，少女的視線也跟著看過去。

髒汙的皮甲，廉價的鐵盔。男性凡人戰士（Human Fighter）。

「……哥布林殺手先生，不會輸給哥布林。」

哥布林殺手看看少女，又看看女神官，然後瞪向傳出劫掠聲響的村莊。

「敵人還沒發現。我們上。」

「不管怎麼說，確實棘手啊。」

蜥蜴僧侶沉重而慎重地，說出自己對當下狀況的看法。

「以小鬼而言，敵方的行動很有條理。想來大意不得。」

「考量牠們大白天找上門，也許有高階種。」

——如此一來，或許不該讓牠們活著把消息帶回巢穴？

哥布林殺手在一瞬間的遲疑後，把這枝用來讓哥布林活命後害死同伴的箭，收回了背上。

接著一如往常，拔出了不長不短的劍。

「讓外圍的小鬼跑掉固然棘手，被據守在中央廣場，處理起來也很費事。」

「既然這樣，廣場就由我來吧，用法術一網打盡。」

礦人道士拍著大肚子自告奮勇。

「唔……」

哥布林殺手沉吟一聲，用腳把腳下的小鬼屍體翻成仰躺。

簡陋的毛皮，武裝則是狀似搶來的柴刀。血色良好，沒有飢餓的跡象。

「得看數目而定。」

哥布林殺手一邊踏爛小鬼的手，搶下柴刀，別到腰帶上，一邊說道。

他揚起視線瞥向之處，只見妖精弓手正從屋頂上用手遮擋陽光，盯著廣場。

一雙長耳朵顫動似的微微擺動。想必她正從聲響判讀狀況，探尋敵情。

「廣場上應該有五、六隻！」

聽到她以堅毅的聲音回答，哥布林殺手點點頭。

「只說看得到的範圍就好，整村大概多少？」

「如果牠們躲起來就看不到……不過我想全部應該不到二十隻！」

「應該是先遣隊。」

哥布林殺手這麼斷定，然後迅速擬定策略。

包括剛才解決的兩隻在內，假設合計不到二十隻，廣場上有六隻。

這麼算來，在外圍劫掠的數目應該在十隻以下。

雖然只是預測，但總不會差得太遠。

既然敵人數目很多，分散戰力就是愚不可及的舉動，但狀況不容他們不分頭行動。

「……我們分成廣場跟外圍兩組。」

「既然如此，貧僧就與術師兄一起前往廣場吧。」

哥布林殺手對自告奮勇的蜥蜴僧侶點頭：「就交給你們。」

在屋頂上聽著他們談話的妖精弓手，眼睛與耳朵始終朝向村內，說道：

「礦人，你要去的話我會支援你！」

「好唷，拜託啦。」

礦人道士喝了一大口酒瓶內的液體，用手擦了擦嘴，然後用拳頭搥了一下蜥蜴僧侶的肚子。

「那長鱗片的，我們上吧！」

「小鬼殺手兄，祝您武運亨通。」

蜥蜴僧侶臨走之際，用強而有力的手拍了拍哥布林殺手的肩膀，飛奔而去。

「……」

哥布林殺手沉默了一會兒，然後緩緩搖頭，有了行動。

他腳步大剌剌的，但並不發出腳步聲。

所向之處，是他們救出的少女，以及攙扶著她的女神官。

「……她還好嗎？」

「是。我想是因為緊張的情緒放鬆下來了……」

被哥布林殺手一問，女神官堅強地微微一笑，抬起頭來。

她的正前方，有著縮在地面睡著的少女。

想必是看到冒險者來，告知了姊姊的事情後，就斷了線似的失去意識。

「該怎麼辦呢……？」

「我們沒空再陪著她。」

「啊……」

女神官還來不及說話，他那套著護手的粗獷雙手，就抱起了少女。

哥布林殺手把她就近放到一個桶子裡。

然後從雜物袋中拉出一條毯子，蓋了上去。

即使不能說安全，卻是她姊姊挑上了這裡，算是可以放心的地方。

而地母神與至高神，又如何會是不聆聽她姊姊祈禱的冷酷天神呢？

「……這樣，應該就行了吧。」

哥布林殺手喃喃說完，女神官微微點頭說了聲：「是」。

她並未握著錫杖的左手在空中游移，躊躇地放到哥布林殺手背上。

「一定，不會有事的。」

「……嗯。」

哥布林殺手點點頭。

他握劍的手上灌注力道，舉起盾牌，看向前方。村子在燃燒。裡頭有著哥布林。

「我們上。」

「……！好的！」

女神官雙手用力握住錫杖，毫不遲疑地點頭。

被他依賴，她不可能拒絕。因為自己這條命就是他救的。

自己本領低微，還不成氣候，這些她都再清楚不過。

啊啊，可是……

「背後，請交給我……！」

戰鬥就這麼開始了。

§

有著成排圓木所建住宅的雪道上，哥布林殺手與女神官這兩名冒險者，就像影子似的奔跑。

雪後頭的太陽，已經開始西沉，相信傍晚很快就會來臨。

那些小鬼的時間就要來了。考慮到村子，已經幾乎不剩什麼時間。

「在村子裡，戰鬥……」女神官一邊奔跑，一邊喘氣。「……我還是，第一次。」

「遮蔽物多得不是洞窟可比。要注意能躲的東西跟頭上。」

哥布林殺手話一說完，將手中的劍擲向上方。

劍咻一聲撕裂空氣，插在爬上屋頂的小鬼胸口，要了牠的命。

「ORAAG!?」

小鬼發出哀號跌落的同時，哥布林殺手從腰帶上拔出了柴刀。

他輕輕試揮，發現比單手劍重。接著拿摔到地上痛得打滾的小鬼頭蓋骨試刀。

「GAAROROROOOOOORG!?」

垂死的哀號拖得很長。哥布林殺手滿意地聽著。不壞。

「這樣就是四。」

「廣場有六隻，所以剩下應該不到十隻……是吧。」

女神官微微閉上眼睛，祈求地母神讓死去的小鬼在通往地府的路上不會迷路。

無論是誰，終歸一死。這當中沒有任何差別。死亡是這世上最溫柔，最平等的事物。

「嗯……沒時間慢慢找了。」

哥布林殺手一口氣跑到十字路口，和女神官背貼著背靠在一起。

兩人的距離忽然間縮短，即使明知現在不是這種時候，她仍忍不住怦然心動。

「剛才的哀號吸引了小鬼。要來了，準備好。」

「……啊，好、好的！」

女神官點點頭，雙手握緊錫杖，收到胸前。

心臟會怦怦直跳，臉頰會發燙，大概都是因為跑得氣喘吁吁。

這種狀況下，沒有餘力去想些曖昧的事。她這麼告訴自己。

「小心腳下。要是因為雪滑倒，會死。也要小心毒刀。」

「好的……呃。」

聽到他的吩咐，女神官微微歪頭。

遮蔽物、頭上，還有腳下、淬毒武器。

「……結果還是跟平常一樣，對周遭的一切都要小心……就是這個意思吧。」

哥布林殺手發出「唔」的一聲。

女神官隔著背感覺到他在點頭，不由得臉頰一緩。

「這種指示，豈不是和沒說一樣嗎？」

「抱歉。」

「真是的……拿哥布林殺手先生沒辦法呢。」

女神官輕聲微笑，幾乎完全是在逞強，強顏歡笑著。

她曾多次只和哥布林殺手兩人一起出任務。

但像這樣和他並肩上前線，也許還是頭一遭。

如今她的團隊有五個人。

雖說專業的前鋒只有哥布林殺手一人，但蜥蜴僧侶也是戰士。

身為後衛的女神官站上最前線的機會，比以往大大減少。

這是因為有眾人保護她，讓她不免有種使不上力的感覺，然而……

——正因為這樣，才更非得盡到自己分內的職責不可。

而且不管怎麼說，能讓他為自己操心，還是令人高興。

她雙手用力握住錫杖，眼中映出了雪煙後蠢動的影子。

「來了，吧……」

「揮武器的動作要小。牽制就好。殺敵交給我。」

「好的……！」

之後兩人連對話的餘力都沒有。

小鬼們看出對手只有兩人，而且其中一個還是女人，於是從十字路的四個方向一擁而上。

「GAAORRR！」

「GROOB！」

「五……！」

哥布林殺手就像劈柴似的，以柴刀劈向率先撲上來的一隻。

「GOROB!?」

他任由這隻柴刀陷進額頭的小鬼軟倒，接著就朝左邊的一隻揮出圓盾。

磨得十分鋒利的盾牌邊緣無異於武器，小鬼的臉被割開，發出了哀號。

小鬼頭往後仰，哥布林殺手毫不猶豫地握住牠骯髒的纏腰布上所插的短劍。

他一腳踹在哥布林肚子上讓牠躺平，順勢拔出短劍，舉起擲出。

握著短槍趕來的哥布林，猛抓著插上短劍的喉嚨而滾倒斃命。

「六。」

他踏住第一隻小鬼的屍骨，拔出柴刀，把掙扎著想起身的第二隻小鬼腦袋劈開。

「七！」

雙拳難敵四手。話是這麼說沒錯，但哥布林殺手卻也有他的盤算。

背後交給她防守，所以不必擔心，自己只要專心對付眼前的小鬼即可。

小鬼即使想破牆突襲，這裡也無牆可破。只要不忘警戒十字路四方就夠了。

再也沒有哪種對手，像出了自己領域的哥布林這麼好駕馭。

「嘿，呀！」

女神官額頭冒出汗水之餘，持續以小而迅速的動作，將錫杖揮來揮去。

同時還拚命回想為了在上次慶典執行儀式而修習的演舞課程。

不是重重打在哥布林身上，而是揮開。要把牠們揮開。驅退。擊打武器，撥開攻勢。

大幅度揮動也許可以牽制，但只要被敵人抓準空檔撲上來，就沒戲唱了。

不讓敵人近身，不讓敵人黏上，不讓敵人拉近距離。

——而且，身後有哥布林殺手先生。

自己的背後交給他。他的背後交給自己。

安心感與使命感。兩者交雜在一起的昂揚感。

「啊……！」

忽然間，她感覺到哥布林殺手往右踏步。

女神官不猶豫也不遲疑，跟上了腳步。

兩人就像跳舞似的轉了半圈，前後互換。

「八……九！」

哥布林殺手的柴刀，奪去她架開的兩隻小鬼的命。

沉重的刀刃劈在肌肉與骨骼上的聲響，讓女神官不管聽幾遍都難以習慣。

何況還要與跨過同胞屍體，眼睛燃燒著仇恨與欲望的哥布林對峙，實在遠非她所能獨力承擔。

第一次冒險中痛入骨髓的恐懼，至今仍未消失。相信以後也不會消失。

「……呀，啊!?」

喀。揮下的錫杖被小鬼格擋住。

一瞬間勢均力敵，優勢隨即倒往小鬼方。即使是瘦弱的怪物，膂力仍勝過她苗條的手臂。

而既然有這樣的力氣，要拉倒她，在她喉嚨割上一刀，相信也是輕而易舉。

女神官臉色蒼白，腦海中浮現過去的同伴，那名女魔法師最後的下場。

「嗚！『慈悲為懷的地母神呀，請將神聖的光輝，賜予在黑暗中迷途的我等』！」

「GORRUURUAAAA!?!?」

然而她不可能就這麼玩完。這些日子裡她也累積了**經驗**。

「聖光(Holy Light)」的神蹟，毫不留情地燒焦小鬼的視網膜。

小鬼按住臉掙扎，女神官一把將錫杖搶回手上。

這絕非用來製造傷害(Damage)的神蹟，但世上萬物皆看如何運用。

沒有想像力的人會先死。這是哥布林殺手教會她的。

「十……！」

而他又如何會錯過哥布林露出的破綻？

他與女神官互換位置之際揮過的柴刀，水平擊碎了哥布林的頸骨。

他朝痙攣著在地上顫動的小鬼那角度變得奇妙的脖子，再補上一刀，要了牠的命。

哥布林殺手製造出一座小山似的屍體，就像呼吸一樣自然。接著他面無表情地看向女神官。

「……沒受傷吧？」

「啊，是的。」

他一如往常，問得平淡。女神官趕緊手忙腳亂地檢查自己的身體。

即使自己以為沒有受傷，實際上卻受了擦傷，這樣的情形是有可能發生的。

尤其小鬼會用毒，所以小小的傷口也可能致命。

「我想……應該沒事。」

「是嗎。」

哥布林殺手點點頭，檢查沾滿血的柴刀，輕輕啐了一聲。

姑且不說油脂，似乎是因為砍斷過骨頭，刀刃有了缺損。

「……剛才的『聖光』，時機不錯。」

「咦……？」

接著他才想起似的說了這麼一句。

女神官隔了一拍，才了解這句話的意思。

——被誇獎了？

「啊，呃、呃！謝、謝謝……誇獎？」

——這是在誇我，吧？

暖意與喜悅眼看就要從臉上洋溢而出，女神官趕緊繃緊鬆弛的臉頰。

「……嘻嘻。」

儘管仍忍不住流露笑意，但這種狀況下，也不能就這麼高興得沖昏頭。

她立刻繃緊臉頰，單膝跪下，抓住錫杖獻上鎮魂的祈禱。

哥布林殺手也絕對不會為此見怪。

「一開始二，這裡七，這樣就是九。」

他毫不大意地把箭搭上弓，警戒四周。

仔細一看，被蹬得濺起的血與泥土弄髒的路上，零星滾落著幾具屍體。

這些屍體幾乎都是凡人，但也有幾具是哥布林。

十之八九是村民抵抗造成的吧。小鬼們的死因，似乎是受到鐮子之類的農具擊打。

小鬼的屍體有兩具——不，是三具。

「……十二，是吧。」

哥布林殺手為了確定小鬼已經死亡，踢開了牠們的屍體。

途中有短劍從哥布林手上掉落，於是他撿起來，插到腰帶上。

他不打算挑剔武器。哪怕只有一顆小石子，或是赤手空拳，也有方法可以殺哥布林。

但近戰武器的有無，有時將是決定性的差異。搜刮武器非常重要。

「她說廣場上有五、六隻吧。」

「這樣一來，全部就是十七或十八隻？」

女神官祈禱完畢，一邊拍掉膝蓋上沾到的泥土一邊站起。

哥布林殺手的表情被鐵盔遮住所以看不到，但她臉上帶著不解。

「的確，是不滿二十隻……」

「把人質集合到一處，抵抗的村民屍體完整，都讓我不痛快。」

「……不像哥布林，是吧？」

女神官手指按住嘴脣思考，說了這麼一句話。

洞窟、遺跡，以及在這些地方的最深處經歷過的許許多多，不太願意回想起來的記憶。

無論哪種場合，哥布林打敗敵人後，都會想就地開起宴會來。

這是因為對他們而言，那兒就是「巢穴」，是可以放心的領域。

而對手愈抵抗，哥布林施加的暴力就會變得愈殘忍。

牠們狡猾、膽小、壞心眼、執念重，而且對欲望很忠實。

相信再也沒有哪個字眼像「忍耐」一樣，和哥布林如此無緣。

現在卻會在敵地集合俘虜，不享用勝利的果實而默默持續劫掠——

「……難道又有食人巨魔（Ogre）或闇人（Dark Elf）在領導嗎？」

「不知道。」哥布林殺手說了。「也許只有哥布林。」

他的口氣實在太有他的風格，讓女神官莫名覺得安心得不得了。

哥布林殺手。古怪、奇妙、另類、頑固。

跟了這個人一年，當然也有過很多太冒險的事。

雖然也有令人覺得不能丟下他不管，感到沒輒的一面。

「也對。」女神官回答的聲調，非常柔和。

這時……

「……奇怪？」

女神官微微動了動鼻子，嗅出了空氣中摻雜的些微氣味。

甜膩，令人有點暈頭轉向，像是酒的香氣。

「這個，大概是酩酊(Drunk)的法術……吧？」

「讓哥布林連著人質一起睡著嗎。」

哥布林殺手看看四周，再將視線朝向多半就是氣味來源的廣場方向。

原來如此。廣場上的確正以只有魔法才可能造成的勢頭，不斷冒出濃煙。

「很有效率。」

「啊、啊哈哈……」

——……總比把整個巢穴的哥布林一起催眠要來得……還是別想了……

這些念頭她想歸想，只是並不說出口。

§

「歐爾克博格，你好～慢喔！」

「是嗎。」

妖精弓手挺起平坦的胸膛，哥布林殺手嫌麻煩似的應聲。

這是廣場占領完畢之後的事了。

人質被集合到中央，周圍雜亂地擺放著堆積如山的戰利品。

被集合到廣場中央的數十名村民仍睡眼惺忪，但看上去並沒有受傷跡象。

哥布林殺手查看完情形，先點了點頭。

接著他注意的是哥布林的屍體，然而……

「是七隻。」

礦人道士一直在把屍骨集中拖到同一個地方，厭惡地拍掉手上的穢物。

「啊啊，受不了，啊啊，真是的，哥布林實在是臭得讓人受不了。」

「確定嗎？」

「很臭跟死掉的隻數都確定。至少，中了法術的是這樣沒錯。長鱗片的，你說呢？」

「唔。」

蜥蜴僧侶在廣場的另一頭警戒，這時重重點頭。

「貧僧以爪爪牙尾解決的有四隻，獵兵小姐以弓箭殺了三隻，合計七隻，應該錯不了。」

「是嗎……十九啊。」

哥布林殺手低聲沉吟，手伸進屍體堆起的小山。

因為他看到有隻小鬼佩了劍。

他抽出劍，檢查劍刃，覺得沒有問題後塞進劍鞘。這才總算定下心。

「啊，歐爾克博格，那女孩怎麼啦？」

她會稱之為「那女孩」的對象，只有一個人。

「我讓她去帶小孩子來。」

「……不要緊嗎？」

「嗯。」哥布林殺手簡短地回答。「雖然也只是根據經驗法則。」

哥布林殺手再度將視線朝向村民們。

他找出年紀最大，服飾也最高等的一人，踩著大剌剌的腳步走過去。

「你是村長嗎？」

「是、是啊，這，我是……各位是？」

老人把滿是皺紋的臉皺得更扭曲了，狐疑地抬頭看著哥布林殺手。

對此，他以掛在胸口的識別牌做為回答。

「我們是冒險者。」

「冒險者……銀等級……」

老翁村長眨了幾次眼睛，理解的神色在眼眸中有如漣漪般漾開。

「該不會是，小鬼殺手……」

哥布林殺手輕聲回答：「對」，村長就不由得驚呼出聲：

「喔喔……！真虧、真虧您願意來到這裡……！謝謝、謝謝……！」

村長感極而泣，以乾得像枯木的手，牢牢握住他的手。

那做野外活兒而鍛鍊出來的手掌與手臂，健壯與力氣都不復往年。

但哥布林殺手仍然確切地回應了村長上下搖動的握手。

「我有幾個問題想問。」

「好的，您儘管問……」

「首先，村子裡有藥師或治療師嗎？神官之類的人也行，只要位階能夠施行神蹟。」

「這……神官這方面，我們全靠巡禮路過的神官，藥師也是，說有是有啦……」

村長臉色漸趨黯淡，顯得有些過意不去。

多半是以為他要要求酬謝或支援吧。

「是個前陣子流行病導致雙親過世，才剛繼承家業的女兒。本領就……」

「知道了。」

哥布林殺手說得毫不猶豫，理所當然。

「我們幫忙治療。團隊裡」他說到這裡先頓了頓，然後接著說：「有兩名神官。」

「啥——……？」

「不巧的是，我們沒有多的藥水（Potion）。」

說著他拍拍雜物袋，小玻璃瓶之類的物體在裡頭碰撞，發出喀啷幾聲。

「既然藥師不成氣候，也沒辦法補給吧。我們只能提供神蹟和急救。」

被哥布林殺手追問：「不滿意嗎？」村長慌慌張張地連連搖頭。

眼中浮現的狐疑轉為驚愕，接著漸漸變化為敬畏。

無論是多麼寒酸的村子，只要受到小鬼襲擊，就會趕來加以討伐的冒險者。

流浪的吟遊詩人所唱的歌，經過美麗的詞藻點綴，說得十分動聽，然而……

——原來詩歌之中也包含了真相的片鱗半爪嗎？

「哈哈哈，原來如此。之所以不讓貧僧叫出龍牙兵，理由原來是要節省法術？」

「而且開拓村的人，很迷信。」

哥布林殺手對慢慢走近的蜥蜴僧侶點頭。

「魔法姑且不論，骷髏就不太妙。」

「小鬼殺手兄可真清楚。」

「因為我以前也是。」

這句短短的話，讓蜥蜴僧侶恍然轉了轉眼珠子。

「的確，雖說是龍骨，但操縱骷髏兵，難保不會被當成是死靈術師啊。」

蜥蜴僧侶說：「既然如此，可得先按照受傷程度把傷患分類才行」，說完就搖動尾巴展開行動。

蜥蜴人原本就是能征慣戰的種族，處理夜戰醫療，有其一日之長。

「還真嚇了我一跳。」忍不住說出這麼一句話的，是在遠處看著他們互動的妖精弓手。

她似乎閒著沒事，持弓警戒四周，藉此來消磨時間。

她努力將哥布林殺手的身影，納入寬廣的視野角落。

如今他已經坐在村民群裡，用從雜物袋拿出的治療器具，迅速處理傷勢。

夾住止血藥與有消毒效果的藥草，以繃帶包住傷口，用力加壓。

光是這樣的處置，就會產生很大的差別。

「對不起，對不起。」在他身旁鞠躬道歉的長袍女性，應該就是村長所說的藥師吧。

妖精弓手緩緩搖動長耳朵，秀氣的臉上像貓似的滿溢笑容。

「原來歐爾克博格只要肯做，也有辦法跟人說話嘛。」

「也是啦，畢竟我們之中，就屬嚙切丸的名頭最響亮。」

礦人道士在她身旁捻著鬍鬚點頭。

他和負責警戒的妖精弓手不同，戰鬥結束之後，他等於已經沒事做。

但絕非派不上用場。

儘管並未學過急救，但他隨身攜帶許多用品，做為魔法的觸媒。

其中之一的火酒，更是他譽為「可喝可灑」的好貨。

強烈的酒精用作消毒，也有著足夠的效力。

礦人道士把一只瓶子交給藥師少女，對連連鞠躬道謝的她搖了搖手。

不忘恩情、感謝與仇恨，但不拘小節。礦人就是這種個性。

「邊境最優秀，小鬼殺手……等等，妳不就是聽了這詩歌，才來找他的嗎？」

「這——是沒錯啦。不過詩歌和實情，實在差得太遠了。」

妖精弓手一邊鼓起臉頰表示不服氣，一邊回想起過去聽過的歌。

剛毅不阿，沉默而誠懇。無論酬勞多麼微薄都在所不辭，清心寡欲的男子。

只要有小鬼出沒，即使地處偏僻，也會毫不猶豫現身救人，一刀滅去小鬼。

簡直是當成了聖人、當成白金等級的勇者來吹捧，然而……

「可是仔細想想，那傢伙跟公會打交道的手腕也很高明嘛。」

「俗話說會眼紅嫉妒的，都是不知實情之人。不管什麼事，在哪裡，都沒兩樣。」

他仰望森人的雙眼，歪成惡作劇的神色。

「所以妳也不能因為自己的胸部像鐵砧，就羨慕其他女人喔。」

妖精弓手的臉抽動得幾乎聽得見聲響。

「畢竟森人和那個神官丫頭不一樣，要花一兩百年來長大嘛。」

「你還真敢說，你這酒桶的親戚……！」

「呵呵呵。身寬體胖可是礦人帥哥的條件啊！」

吵吵鬧鬧。爭吵一如往常，但絕不表示他們兩人鬆懈了。

礦人道士的手從未離開裝滿觸媒的袋子，妖精弓手的長耳朵也在搖動。

她不會漏聽接近過來的兩個腳步聲。

當然也聽出其中一個是小孩子，另一個則是耳熟的女神官。

妖精弓手確實地辨識出來。

「姊姊！」

「啊……！」

在傷患間跑來跑去的藥師少女，當場表情一亮。

她張開雙手，迎接跑來的幼童，手臂牢牢纏住，擁在懷裡。

也難怪少女會不管他人的目光，當場號啕大哭。

「……」

哥布林殺手注視著這幅光景好一會兒，然後緩緩移開了視線。

因為去接小孩的女神官，莫名露出一臉笑咪咪的表情。

「怎麼？」

「呵呵。啊，沒有……」

聽他粗魯地問起，她微微瞇起眼睛，搖搖頭。

「只是想說哥布林殺手先生好像很高興。」

「……是嗎？」

「是啊。」

「……是嗎。」

哥布林殺手檢查自己的鐵盔，護頰並未鬆動。

「算了，沒關係。麻煩妳治療村民，還有，葬禮也要。」

「葬禮……」

女神官白細的手指按上嘴脣，略一思索。

「我只學過地母神的儀式……這樣可以嗎？」

「沒什麼不可以。只要是秩序方的神，他們不會挑剔。」

「我明白了。那就請包在我身上。」

女神官乾脆地回答完，迅速看看四周，然後單手拿著錫杖跑了開來。

「對不起，我來遲了！」

「喔喔，妳來啦。」

蜥蜴僧侶正以粗獷而長著鱗片的手進行治療，慢慢轉動他的長脖子回話。

她強而有力地點頭回答：「是」，同時翻找背包，準備繃帶與藥膏。

「我還剩一次神蹟，所以如果有人傷勢較重，可以用『小癒（Heal）』……」

「那麼這邊這位就麻煩妳。似乎被重重毆打過。貧僧的法術也用完了。」

「我明白了！」

畢竟她還待在神殿時，就曾盡女神官的職責對冒險者們進行治療。

她俐落地捲起袖子，在傷患間來來去去的模樣，有著超乎她年齡的沉穩。

哥布林殺手視線一邊追著她轉，一邊思索接下來該怎麼辦。

相信總不會就這麼結束——

「歐爾克博格！」

就在這個時候。

妖精弓手堅毅而清新的示警聲，讓整支團隊都一起抬起頭來。

仔細一看……相信牠應該是躲在桶子後面窺探情勢。

只見一隻小鬼從桶子後方衝向道路，想逃出村子。

動如脫兔說的就是這種情形。哥布林連滾帶爬地奔跑，影子轉眼間就愈來愈小。

——不。

「『妖精（Pixie）呀妖精，不給糖，快搗蛋』！」

礦人道士在詠唱「捕縛（Hold）」的同時擲出的繩索，像蛇一般從空中掠過。

繩索圈住小鬼的腳。儘管哥布林並未摔倒，仍大大絆了一下。

「臭小鬼，別想跑……！」

有這一瞬間的空檔就夠了。

妖精弓手以彷如繪畫中完美的動作，舉起背上的大弓，跳了出去。

桶子、牆壁、空中。她這麼一高高躍起，就已經確保了射線。

「果然是二十嗎……！」

這時哥布林殺手從腰間的箭筒抽出一枝箭，扔了出去。

「別殺死！讓牠帶病毒回去！」

妖精弓手在空中一把抓住這枝箭，動作有如表演特技。

下一瞬間，咻一聲射出的箭，化為一道光軌竄過。

妖精弓手著地，與小鬼在遠方跌了個跟斗，同時發生。

她如何搭箭上弓、拉弦、放箭，沒有一個人看得出來。

高度熟練的技術，實實在在得出了無異於魔法的結果。

「……這樣你滿意了嗎？」

妖精弓手輕巧落地，把赤柏松木製的大弓掛回背上。

「啊啊。但……」

哥布林殺手凝視遠方，咒罵似的說著。

小鬼拔出插在肩上的箭——不，是拔去箭身，扯斷腳下的繩索，再度往前奔跑。

方向是北方——那座寒風呼嘯，高高聳立的雪山。

「還沒結束。」

這是早就再明白不過的事。

在劫掠之前先把居民集合到廣場，從全村收集劫掠來的戰利品。

卻又不率先對女人下手——這也就表示，是要搬回巢穴。

襲擊村莊的二十隻，果然是先遣隊，這點應該是錯不了。

既然如此，後頭就還有大隊。只是不知道這大隊人馬會大舉湧來，還是會撤退。

哥布林殺手盤算清楚，毫不猶豫地下了結論。

「等用完的法術恢復，我們就開始追擊。」

他來到癱坐在地喘氣的村長面前單膝跪下，與村長目光交會。

面對以為又要發生戰鬥而表情緊繃的村長，先從這個角度切入正題：

「我們想借宿一晚，也順便防範對方夜襲，可以嗎？」

「喔、喔喔！這、這、這當然沒關係了！既然能請各位保護我們，那反而是求之不得……」

「還有先行的冒險者團隊情報。另外，村裡有獵師嗎？」

「有、有的。當然有了。有一個……雖然年紀大，但的確有。」

「我想知道山上地理環境。給我地圖，簡單的就好。」

村長一再連連點頭，忽然想到一件事，討好似的笑了。

「啊，可是，酬勞……」

「先不管。哥布林比較重要。」

他一刀兩斷地截斷話題，無視傻眼的村長，瞪著北方山脈。

滿天烏雲的另一頭，太陽已經落到山後。

夜晚的氣息，已經隨著呼嘯的寒風來臨。

「等準備就緒——就去剿滅哥布林。」

§

也不知道該不該說是運氣好，村莊所受的損害並不算太嚴重。

對抗哥布林而被殺或受傷的人，當然是有的。

被放火燒毀的住家，被棍棒或短斧破壞的住家，當然也是有的。

但受到劫掠的物資與婦孺，都尚未被送進巢穴。

冒險者們及時趕到，成功地救了他們。

這樣看來，還是應該說運氣好吧。女神官這麼認為。

——可是。

仍舊說不出這種話的她，在村莊的墓地裡巡視。

和藥師少女以及蜥蜴僧侶等人一起治療完村民後，等著她的是協助下葬的職責。

「慈悲為懷的地母神啊，請以您的御手，引導離開大地之人的靈魂……」

她收攏錫杖，輕聲詠唱禱詞，對要被埋葬的人一一結過聖印，灑上泥土。

即使不考慮若置之不理，屍體有可能復活為亡者（Undead），這麼做仍是分所當為。

不和死者道別，生者甚至會無法向前邁進。

葬禮固然是為死者而辦，但更是為了讓生者活下去所必須的行為。

世界就是如此循環運行，生生不息。

「想來今晚應該不會有襲擊……但不能保證。」

哥布林殺手交由村民將屍體完全埋進墓穴，自己淡淡地說道。

「妳應該累了，好好休息。」

他的話還是一樣不容分說，然而……

女神官也早已明白這就是他關心的方法。

這個人真的是讓人拿他沒轍。

不管怎麼講都不聽，但反抗他也不理。

所以她心想，即使有話想說，這種時候還是乖乖聽話最好。

「哈，呼～」

於是女神官現在正泡在溫暖的熱水裡。她從體幹深處呼氣，讓全身鬆弛。

是溫泉。

聽說那座雪山曾是會噴火的山，還說火的精靈會透過土壤將水加溫。

雪中蓋起的涼亭屋簷下，以石塊圍起的溫泉，冒著熱騰騰的水氣。

這裡的浴場也一樣，有著以石材組合而成的浴槽神神體。

但會打造成雙面神，應該是因為這裡是不分男女的混浴浴場吧。

因此女神官這次身上纏著布……但話說回來……

苗條的身軀一泡進這白濁的熱水裡，與寒冷抗戰而僵硬的身體，簡直像是要融化了。

會忍不住發出鬆懈的呼聲，也是無可奈何。

「嗚、嗚嗚嗚嗚……」

但看來妖精弓手例外。

一絲不掛的身體沒什麼肉，纖細而嬌弱，實實在在就像個妖精，然而……

她就像隻擔心受怕的幼兔，在溫泉邊緣往左走幾步，又往右走幾步，一如字面涵義地左右來回。

她雙手用力握緊，戰戰兢兢，把腳尖泡進熱水，隨即跳開。

「嗚～嗚～……我說啊，妳真的不要緊嗎？」

看到她和討厭沐浴的小孩一樣——很像那些年紀比自己小的少女神官，女神官不由得微微一笑。

「不要緊，一點事都沒有。畢竟就只是會湧出熱水的湧泉嘛。」

「可是水、土、火、雪的精靈混在一起弄得一團亂，妳不覺得噁心嗎……？」

「會嗎？我是覺得非常舒服啦……」

「真的嗎……」

妖精弓手的視線在自己與女神官身上來來去去，長耳朵無助地搖動。

過了一會兒，她用力咬緊嘴唇……

「嘿、嘿！」

「呀!?」

妖精弓手不顧三七二十一地跳進溫泉，濺起大量水花，灑到女神官身上。

「噗啊！」

妖精弓手的整顆頭都沒入水中，就像掉進水裡的貓一樣，抬起頭來用力搖動，甩去髮絲上的水分。

接著擺出一臉瞪大眼睛的表情看著女神官，鬆了一口氣。

「……啊，這個，暖暖的，好像不錯。」

「真是的，所以我不就說了嗎？……不可以這樣跳進來啦。」

「抱歉抱歉。可是如果不一鼓作氣，我會怕嘛。」

「……呵呵。」

「……啊哈哈。」

溼了滿頭滿臉的兩人對看一眼，愉快地相視而笑。

無論升到多高階，戰鬥的緊張都不會消失。

妖精弓手雖是銀等級，卻仍年輕而火候不夠，女神官更不用說。

無論種族差異如何，兩名精神年齡相近的年輕女子，並肩泡在熱水裡，仰望著天空。

天空被鉛灰色的雲層遮住，沒有星星，兩個月亮也只朦朧可見。

他說小鬼是來自那個綠色的月亮，是什麼時候的事情了？

她們先前與小鬼戰鬥時所用的武具，和浴場旁折好的衣服放在一起。

因為哥布林殺手說，入浴中要小心奇襲。

──那個人，會不會連泡澡的時候，也不脫掉盔甲？

一想像這光景，就覺得好有趣，兩人更是嘻嘻笑個不停。

「其他幾位明明也可以來泡的說。」

「他說『還是泥巴比較合貧僧的個性』。泥巴浴是怎樣啦，泥巴耶？」

真搞不懂蜥蜴人。看到她的模仿，女神官加深了笑意。

「礦人那傢伙則是『要恢復精神力就要喝酒～！』，至於歐爾克博格……」

「站哨，對吧。」

女神官眨了眨被熱氣沾溼的睫毛，在熱水中輕輕抱住膝蓋。

「要是不休息一下，實在很令人擔心呢……」

「可是他整個人神采奕奕耶。只要是剿滅哥布林。」

「……妳不覺得這樣也不太好嗎？」

就是說啊。這就是兩名少女的共通見解。

她們能夠輕易想像出他一邊喃喃說著哥布林哥布林，一邊警戒雪原的模樣。

「要是放著他不管，他一定就這麼過掉一輩子。」

「……說得、也是。」

女神官微微點頭回應。

真的是這樣。

認識他的一年來，他變了很多。自己也變了。只是話說回來……

「不過也因為陪他耗著，我才能來到這麼北邊的地方……我是沒關係啦。」

妖精弓手趁著思考的空檔，一掌拍響水面，伸手攪動。

女神官朝著周遭熱氣升起的她瞥了一眼。

「呃，記得……妳是說要來見識見識森林外的世界……對吧？」

「對啊？」

森人舒暢地舒展四肢放鬆，女神官來到她身旁坐下。

「就算能夠『活到死為止』，只見過森林裡的世界實在讓人不甘心，是不是？」

「……光是能活上幾千年，我就已經沒有辦法想像了。」

「沒什麼了不起的，就像大樹一樣。待在那兒。就只是那樣。」

雖然這本身並非什麼壞事。妖精弓手用食指在空中劃圈。

女神官的視線自然而然地被吸引過去。

森人的一舉一動，哪怕只是這麼一個小小的動作，永遠都那麼洗練。

「那麼──」

女神官泡進水幾乎淹過嘴的深度，掩飾微微看她看得出神的尷尬。

「就是因為生活太無聊，才來到外面……嗎？雖然我常聽說是這麼回事。」

「妳說對了一半，也說錯了一半──因為從有該做的事這點來看，我過得很充實。」

獵捕增加的野獸，使其回歸土壤；摘下增加的果實，滋潤喉嚨；凝神觀看天地的動向。

那景色令人目不暇給。工作永遠是有的。而森林綿延不絕。

──可是啊。

妖精弓手慧黠地一笑，閉起一隻眼睛。

「有一次，我看到一片葉子被河流沖著走。然後，我開始想這葉子會被帶到哪裡，結果……」

她笑著說，結果就再也停不下來。

她急急忙忙回到家中抓起弓箭，比母鹿更快地奔跑在樹林中，追著葉子而去。

不知不覺間，已經來到森林外。跳舞似的在冒出河面的石頭上跳過，一直追，一直追……

「結果看到了什麼？」

「結果啊，根本沒什麼大不了的。」

妖精弓手像貓似的瞇起眼睛笑了。

「就是堤防。凡人做的堤防。我是第一次看到，那真的好有意思。」

被河水沖上沖下，不斷漂流的葉子，卡在河堤上停了下來。

雖然她並未把這當成神聖的啟示。

妖精弓手微微一笑。她笑著，淺淺地張開嘴，吸進一口氣。

「河流的盡頭有些什麼
鳥兒振翅高飛之處有花開
若說風的源頭在遠方
彩虹又是掛向何處
要走去路途雖遠
但不走就無緣得見」

清新的嗓音交織出來的，是一篇詩歌。
女神官眨了眨眼，妖精弓手隨即得意地「哼哼」兩聲。
的確，再也沒有別的種族像森人這麼典雅，然而……
妖精弓手的視線朝女神官的胸部一瞥，嘆了一口白色的氣。
「才正要開始發育啊……好好喔。」
「嗚……呀!?」女神官發出奇怪的喊聲，臉一口氣變紅。
「妳、妳沒頭沒腦，突然講這什麼話嘛……！」
「我是在說時間啊，時間。不管是歌，還是剛剛那句話。」
嘻嘻。妖精弓手從喉頭發出鈴鐺搖動似的笑聲。
她笑著伸出手，幫女神官梳起溼潤的頭髮。
「……妳也知道，我啊，還有很多時間，可是……」
「時間、是嗎？」
女神官任由她把自己的頭髮摸來摸去，低頭複誦。
妖精弓手點點頭說，嗯。
「……因為凡人，不是短短一百年左右就會死掉嗎？」
「這……」

「為什麼大家不能都一樣長命？還是說，如果我生作凡人，也就會懂？」

「……要是妳生為凡人，我想應該會想變得像森人那麼漂亮。」

就是因為這麼覺得，女神官才會喃喃吐露了這樣的心聲。

即使對於現在的自己並不後悔，但叫作「如果」的這種嚮往、這種願望，始終存在。

像今天這樣和哥布林殺手並肩時，讓他把背後交給自己時。

如果自己更能打。

如果更善於運用神蹟、運用法術。

是不是就能幫上他更多忙了？

以前，她對他承諾過，說：「當你遇到困難，我會幫你」。

現在的自己，對他而言算得上「助力」嗎？照這樣下去——……

——要是放著他不管，他一定就這麼過掉一輩子。

她覺得將無法避免遲早會來臨的這個結局。

「……」

「……要是妳生為森人，妳會想生為凡人的。」

妖精弓手最後緊緊抱住女神官的頭，然後輕巧地分開。

剎那間，女神官覺得有森林的香氣掠過鼻子。

想必是錯覺。因為這裡是土、水、火的精靈交融的地方。

可是……如果不是錯覺。

──相信森人即使離開了森林，也還是與森林相連。

女神官應了聲：「說得也是」，呼出一口氣。

她感覺到心中沉積的情結，似乎微微得到抒解。

「……也差不多該起來了吧。畢竟沒有太多時間悠哉了。」

「也對。」

妖精弓手嘩啦一聲甩掉水珠，站了起來。

「……這世上，真是十之八九都不如意。」

§

「狀況不太好。」

哥布林殺手站在燒得劈啪作響的暖爐前，對眾人說道。

這裡是村中的酒館。二樓是旅館，是很常見的設施。

以圓木蓋成的建築物填滿了暖爐的熱，成排的標本（獎盃）影子在火焰下躍動。

冒險者們休息完畢，圍在一張排上滿滿好幾杯蜂蜜酒的大桌旁。

以藥師姊妹為首，村民們都爭相提議：「請務必來我們家過夜」，然而……

哥布林殺手堅決辭退。

「我們全都付錢住旅館。要是分散開來，有狀況時無法立刻反應。」

女神官聽他這麼說，覺得莫名鬆了口氣的自己很不可思議。

此刻村民們坐在外圍，為冒險者們空出一塊地方。

一半期待，一半好奇。也有人對女性成員投以好色的眼神。

女神官感覺到這些盯著她看的視線，覺得很不自在，扭捏起來。

——雖然這表示我們沒有可以懷疑的地方，的確算是不幸中的大幸啦。

「……我們是不是不太受歡迎呢？」

之所以這麼說，是因為看到桌上排出的菜色。

蒸過的芋頭、芋頭、芋頭、芋頭……滿桌都是芋頭。

當然女神官也沒什麼奢侈的要求，她已經很習慣質樸的生活。

但即使正值冬天，必須為了因應大雪而節約糧食，她仍未料到桌上會只有芋頭。

「不。」礦人道士搖搖頭。「我聽說，是上一批冒險者買走了一大堆食材。」

「買那麼多？」

「說是剿滅哥布林會用到的。」

女神官不可思議地問，礦人道士拄著臉頰回答。

「哈哈～這可真是。」

蜥蜴僧侶甩動尾巴拍得啪啪作響，像是在表示這很難說。

「對村民要求不給糧就不去剿滅小鬼。這算是半威脅了啊。不，也許有其必要……？」

女神官手按嘴脣思索，頭一歪帶得髮絲垂下。

這種時候，該問誰是再明白不過了。

「這是必要的嗎？」

「看時機、場合跟狀況。」

殺小鬼的專家斬釘截鐵回應。

「也存在沒有巢穴而四處徘徊的部族。追蹤起來可能要長期抗戰。」

「但，我們可不能花太多時間呢。」

妖精弓手一邊用舌頭一小口一小口地品嘗著蜂蜜酒，一邊說道。

她的臉頰已經微微泛紅。雖然剛泡完澡也是原因之一，但顯然原因出在酒精上。

「巢穴中的情形不詳、數目也不詳。冒險者還活著的可能性也是有的吧。」

「村民沒被抓，是不幸中的大幸。我們未必有餘力去救援村民。」

哥布林殺手點點頭，推開桌上的盤子，攤開一張羊皮紙。

「不能等疫病從箭頭蔓延到致命的地步，但也許已經多少削弱了牠們的戰力。」

這是他請獵人製作、用簡單線條畫下的一份從村莊到山上的地圖。

一些細小的附註，從筆觸來看，應該是哥布林殺手自行補充上去的。

「根據獵師說法，哥布林比較可能定居的巢穴，在這。」

「可是啊——」妖精弓手的手指在地圖上滑動，估量村子與洞窟的距離後說：

「如果沒有村民被擄走，為什麼他們不馬上進洞窟？」

「先來的冒險者打什麼主意，我大概想像得到。」

哥布林殺手集眾人的視線於一身，把炸過的芋頭丟進嘴裡。

他搖動頭盔咀嚼、吞嚥。

「我聽藥師少女說，他們還買了木材之類的東西。」

「木材？買那種東西幹麼……啊啊，慢著慢著。」

礦人道士大口喝著蜂蜜酒這麼說。

他用手擦去鬍鬚沾到的酒液，也不管妖精弓手狐疑地看著他。

礦人中的智者沉吟一聲，過了一會兒後「喔，我明白啦！」地彈響手指。

「不是買用來燒的柴薪，所以應該沒打算把小鬼燻出來，而是要搭建某些東西。然後，買光糧食也就表示……」

「對。」

哥布林殺手以極其理所當然似的口氣斷定。

「斷糧戰術。」

暖爐的爐火爆出一聲響。

好一陣子，誰都不說話。

蜥蜴僧侶拿起火鉗，無意義地翻動暖爐中的柴火。

柴薪在火焰中崩塌，應聲濺得火花飛散。

「……不過我覺得敵人數量很多，我方應該是少數啊。」

「有效的時候就是有效。」哥布林殺手說得平淡。

「但這不是以少數闖入殲敵時該用的戰術。」

結果就是貿然餓著了哥布林，導致牠們大舉反撲，接著更引發了劫掠。

既然他們長達數週都並未從剿滅哥布林的任務歸還，連全軍覆沒的消息都沒傳回來……

——除此之外，不會有其他狀況了……吧。

女神官想像情景，全身僵硬。

與飢餓的哥布林連續對峙多日的恐懼。

——實在不覺得自己撐得住。

而且。她接著又想。

至少村民就是為了避免糧食被劫掠，才提出委託，實在不應該買走他們的糧食來進行這樣的作戰。

「我們連一把劍、一瓶藥、一餐飯，都沒辦法自己生產。」

哥布林殺手喝了一口蜂蜜酒。他從鐵盔的縫隙間，靈活地倒進嘴裡。

「被截斷補給的冒險者，早晚都會潰敗吧。」

「……歐爾克博格，你對其他事情也應該多顧慮一下。」

「我有在努力。」

他這麼回答妖精弓手，然後又連連喝了幾口蜂蜜酒。

四名同伴臉頰微微放鬆，看著他這樣。

因為如果這個人不是這樣，他們肯定不會組成團隊。

「那麼。」隔了一會，參謀風格已經愈來愈有模有樣的蜥蜴僧侶開了口。

「小鬼殺手兄擬定了什麼樣的戰術？」

「沒什麼。」

哥布林殺手的聲調難得顯得快活。

巢穴的內部構造與剩餘的敵人數目都不清楚。

既然冒險者說不定還活著，就不能採取毀掉整個巢穴的計策。

而既然小鬼曾被擊退一次，就肯定會展開第二波、第三波的襲擊。

因此，能選的戰術只有一種。

「速戰速決。」

第3章『強襲』

Hack-and Slash

於是，冒險者們在天亮的同時離開了村子。

他們想盡快前往巢穴，但夜晚是小鬼的領域。

雖說雪山不分晝夜，都是純白得令人盲目的世界，但也沒有必要配合對手方便。

他選擇這個安全與風險在天平上勉強能夠平衡的時段，沒有人有異議。

是無人異議，然而……

「嗚、嗚嗚嗚嗚、好、好冷喔……」

妖精弓手一雙長耳朵連連發抖，發著牢騷，拚命走在積了雪的山坡上。

即使是已經習慣在野外行走的她，第一次爬雪山還是很困難。

所有人用繩索連在一起的雪山行軍、雪中登山，進行得相當不順利。

雪又深又冰冷，會絆住腳；有些地方更只是雪堆延伸凝固，底下卻是山谷。

四處隆起的岩石很尖銳，要是不小心跌下去，多半會沒命。

「唔、嗚……唔……這可，相當……」

「你還好嗎……？」

「不足、掛齒……！」

不用說也知道，南國出身的蜥蜴僧侶一旦受寒，動作也會變得遲鈍。

蜥蜴僧侶對擔心地湊過來的女神官點點頭，拖著尾巴行進，礦人道士用力拉他的手。

「撐著點。我已經用『順風（Tailwind）』撥開風雪了，應該還算好吧。」

「唔……有勞了啊。」蜥蜴僧侶點點頭。「小鬼殺手兄，不知前方路程如何？」

「沒有問題。」

「感激不盡。」

而他們四人更前方不遠處，有著哥布林殺手的身影。

他俯瞰山脊的另一頭，與手上的地圖比對，確認方位。

「已經近在眼前。」

那就像是一片被蟲蛀過的光景。

純白的山地上，開著黑色的大洞。穢物就堆積在一旁。

錯不了，想必是怪物所住的巢穴。

一行人對看一眼，相繼點頭，找了一處合適的岩石遮蔽處，鋪上防水布，做好了小歇的準備。

所幸有礦人道士透過風精靈施展的「順風」，讓他們得以免於暴風雪的侵襲。

「要取暖就得——喂～嚙切丸，可以生火嗎？」

「麻煩你了。」

「好唷。」

礦人的手法果然俐落，他拿出乾枯的樹枝，然後敲擊打火石。

「這是從哪裡找來的？」女神官問。

「從雪底下的再底下。妳最好學起來。」

為了不讓哥布林發現火光，他們挖開雪，在挖出的坑洞中生火。

天空被鉛灰色的雲遮住，太陽的光也很弱、很遠。

「傍晚近了。舒展完身體，我們就進去。」

哥布林殺手立刻鬆開鎧甲的扣具，放下雜物袋。

看到平常絕不解開扣具的他做出這樣的舉動，乖巧坐下的女神官歪了歪頭。

「……？咦，你這樣沒關係嗎？」

「正好相反。有任何一點時間都要做，否則身體得不到休息。」

他解開護手，機械式地揉動自己那粗獷但並未晒黑的手。

「手腳也要揉一揉。要是被冰精靈毒害，會腐爛、脫落。」

「咿！」

發出這聲尖叫的是妖精弓手。她似乎是因為對精靈很了解，受到的恐懼也就更勝常人。

她表情緊繃地開始揉起自己的手腳。

「腳也要，別忘了。」

「啊，好的。」

女神官也趕緊脫下靴子，褪去襪子，搓揉露出的白細腳趾。

——還好我有帶替換的來……

「你呢？」哥布林殺手看向蜥蜴僧侶。

蜥蜴僧侶的頭部覆蓋著鱗片，表情的難懂程度與哥布林殺手有異曲同工之妙。

然而至少還看得出他已經被凍得僵硬。

蜥蜴僧侶一邊用指尖撥開附著在鱗片上的冰晶，一邊點頭：

「唔、唔……哎呀呀，真是甘拜下風。真沒想到世上竟然有如此嚴寒之地。」

「還有更冷的。」

「竟然！」

據說父祖因寒冷而滅絕，想來也頗有道理。眼看蜥蜴僧侶發著抖，礦人不禁竊笑。

「來，這裡有酒。喝吧喝吧，會暖和起來的。」

「竟然。唔，術師兄做事果然周到。」

「別誇我別誇我。來，你們也喝吧。」

「謝、謝謝你。」

「謝啦。」

「我喝一口。」

酒分到眾人的杯子裡後，他們各自小小地啜了一口。

這是為了取暖，一旦喝醉就沒有意義了。

「說到這個，我記得你的目的就是要提升自己的位階，變成龍吧？」

妖精弓手忽然心血來潮，把說話對象從哥布林殺手轉移到蜥蜴僧侶身上。

他慢吞吞地縮起高大的身軀烤火，手上握著裝糧食的小袋子。

也不知道是行軍途中嘴閒著，還是肚子有點餓了，只見他似乎正要拿出乳酪。

蜥蜴僧侶並不掩飾這樣的行為，以煞有其事的隆重模樣點了點頭。

「正是。」

「喜歡乳酪的龍，是吧？」

妖精弓手舔著雙手捧著的杯子裡裝的液體，嘻嘻笑了幾聲。

蜥蜴僧侶張開大嘴咬了一口乳酪給她看，正經八百地說：

「比起尋求做為祭品的少女或財寶，這樣的龍應該對眾生友善得多了。」

「……也是，應該不用擔心被驅除喔。給我一片？」

「當然好。」

在離哥布林洞穴這麼近的地方烤火，卻還是很冷，但已經取到暖的妖精弓手心情非常好。

她用黑曜石的小刀，從蜥蜴僧侶遞來的乳酪上切了一片，拋進嘴裡。

那座牧場的東西還是一樣好吃。一雙長耳朵開心地搖動。

「講真的，對龍而言，女孩子好吃嗎？還是說，是有什麼儀式性的意味？」

「這可難說得很。雖然若貧僧他日成了龍，也許就會明白。」

「請問，你都不會懷疑變成龍這件事的可能性嗎？」

女神官戰戰兢兢，客氣地喝著酒，提出了問題。接著她放鬆地呼出一口氣。

「是否真有辦法變得會噴火、會飛天、會施展神蹟，之類的。」

「呵呵呵，這正是所謂的古語有云吧。可是啊……」

唯一已經喝完了一整杯，自己斟起第二杯的礦人道士，也加進話題裡。

「真要說起來，老頭兒們的話哪裡靠得住？」

「但，在貧僧的故鄉，就存在已經只剩骨頭的、可怕的、巨大的龍。」

猴子都能夠變成凡人（Hume），蜥蜴當然也可以變成龍。

蜥蜴僧侶莊嚴肅穆地說出這句話，讓女神官微微苦笑。每個人都有各自的信仰。

「啊，對了！」

忽然間，妖精弓手彈響了她細長的手指。

「等你變成龍，成了不死者（Immortal），我就去找你玩吧。」

「喔？」

「反正應該要等到差不多一千年後吧？那多無聊。要是沒有朋友，會受不了的。」

相信這世上的龍會出來鬧事，有六成都是為了消磨時間。妖精弓手說得正經八百。

原來如此。蜥蜴僧侶隆重地點頭。接著他開始想像。想像自己變成龍以後的事。

「……述說剿滅小鬼冒險事蹟的龍。有上森人（High Elf）來拜訪的龍。」

「而且還是喜歡乳酪的龍……喏？」

聽妖精弓手這麼說，他愉悅地轉動眼珠子。

「不壞啊。」

「我就說吧？」

「但不論如何，比起千年後的事情，眼前的事更重要吧。」

蜥蜴僧侶把脖子整個扭往哥布林殺手的方向。

「那麼小鬼殺手兄，我們要怎麼進攻？」

「也對。」

哥布林殺手先前一直默默聽著眾人談話，這時點點頭，花了一瞬間思考。

「照平常那樣。從前到後是戰士、獵兵（Ranger）、神官戰士、神官、施法者。」

「是王道啊。」蜥蜴僧侶說。

「看上去洞窟的寬度也很夠……既然這樣，前二後三也行唄。」

從積雪後方探頭窺看洞窟的礦人道士接著說道。他的夜視能力是種族的天賦。

開著大洞的洞窟，就像在招手引人進去似的，寧靜而黑暗。
入口沒有衛兵的身影。這是陷阱，還是敵人大意，又或者──……
「……嘖，酒都變難喝啦。」
礦人道士忿忿地啐了一聲。
想必是因為他注意到入口旁堆積的穢物，絕非垃圾之類的廢棄物。
那是冒險者的屍骨。
是幾具被破壞得歪七扭八的木頭籬笆捆住後丟棄的──屍體。
裝備被剝走，飽受凌辱，曝屍期間受到野獸啃食……
其中尤為悽慘的，是一具狀似森人的屍體。
說狀似，是因為死者生前勢必極力抗拒過，導致死後仍然遭到暴力對待。
竟然將此人的耳朵切得像是凡人一樣，塞進嘴裡，小鬼的惡毒實在無可救藥。
「……？有什麼東西嗎？」
「……什麼都沒有。」
妖精弓手歪著頭瞪大眼睛，礦人道士粗魯地對她說。
「什麼東西都沒有，但是長耳丫頭，妳可別四處張望。」
「我才不會這樣呢……偶爾而已啦。」

「喂。」

一旁的哥布林殺手微微沉吟一聲，靜靜地對礦人道士問起：

「……裡頭有金髮嗎。」

礦人道士緩緩搖頭。他捻著鬍鬚，再次仔細觀看，但還是搖了搖頭。

「沒有。肉眼所見，是沒有。」

「那麼，看來似乎還有時間吶。」

蜥蜴僧侶點頭應聲，兩名男子也接著點頭。

女神官似乎猜到他們的對話意味著什麼，全身一震。

哥布林殺手輕輕拍了拍她的肩膀，說道：

「要上了。」

接著他的視線轉而移到女神官又白又細的腳。

「穿上襪子，還有靴子。」

§

舉起的火把影子，被灌進來的寒風吹得詭異地搖動。

但只要踏進坡面上打出的水平通道一步，雪與風就會被遮住，變得溫暖。

若沒有從深處飄來的那種肉與糞尿腐敗的異臭，也許甚至會令人覺得舒暢。

「嗯，一進來就是下坡啊。」

「可是，過去一點就是上坡了說。」

「唔……」

蜥蜴僧侶踏入洞窟一步，說完這句話，興味盎然地搖動尾巴。

他說得沒錯，一走進小鬼巢穴沒幾步，立刻就面臨像在地上挖了個大坑洞似的下坡，然後又是上坡。

「唔。這個，應該是避雨、避雪用的。」

礦人對這類構造果然造詣很深，一眼就看穿用途，朝背後的入口看去。

「灌進來的雨雪，會先積在這裡，所以不會直接往裡面灌。」

「……哥布林會有這種巧思？」

女神官感到不可思議，又或是吃驚地連連眨眼，歪了歪頭。

哥布林雖然笨，卻不傻——這句話常常有人說給她聽。

換言之，小鬼只是沒有知識，並非不會思考。

但這個設計……

「誰知道呢。」

哥布林殺手的回答卻很平淡，無機質。

他拔出腰間的劍，用劍攪拌坡底所積的泥水，啐了一聲。

「還言之過早。比起這些，別貿然踩到積水。」

「有什麼東西嗎？」

「陷阱。底下埋著木樁。」

也就是所謂的地洞。不是鋪上沙土來偽裝，而是用泥水遮掩。

妖精弓手用從箭筒抽出的木芽箭，試了試泥水的深度，毫不掩飾地皺起眉頭。

「哇，好陰險。」

「探查就麻煩妳。」

「好好好，就拜託我了。」

妖精弓手輕巧地避開積水前進，慧黠地閉起一隻眼睛，笑了笑：

「我可不想每次都被弄髒。」

妖精弓手的脖子上，掛著消除氣味用的香包。

她搖動長耳朵，語帶炫耀，但哥布林殺手斬釘截鐵地搖頭：

「目的可不是弄髒。」

「啊、啊哈哈哈哈哈……嗯，對啦，不過一弄髒，洗起來也是很辛苦的喔？」

說著露出乾笑的女神官脖子上，同樣也有和識別牌一起掛著的香包。

就算她再怎麼習慣，也並非就想被人當頭淋髒血。

……不，真要說起來，堆在入口旁的那大批屍體也是一樣。

即使經歷多次剿滅哥布林的任務，看了好幾次，自認已經看慣……

但若不像這樣開開玩笑，實在……

「……是不是？」

走在前面的妖精弓手回頭使了個眼色，微微點頭。

她也一樣。森人的感覺很敏銳。

無論旁人多麼好心引開她的注意，她也不可能看不出屍體的詳細情形。

女神官看出她長耳朵微微顫動，點頭回應。

「我們，一起努力吧。」

「嗯。」

過了兩三處上下坡，一行人總算闖進了洞窟裡的幹道。

哥布林殺手看到火把已經變短，從雜物袋裡抽出新的一根，就著舊的一根點燃。

「拿著。」

「啊，好的。」

然後將短的火把遞給女神官，自己舉起了熊熊燃燒的火把。

一行人當中，身處洞窟、在暗處看不見東西的就只有凡人。

哥布林殺手用火光照亮，仔細檢查土牆。

多半是用簡陋的工具所掘，牆壁質地粗糙，但很堅固，是典型的哥布林巢穴。

然而問題不在這裡。

「……沒看見圖騰之類的記號啊。」

「所以沒有薩滿嗎？」

「不知道。」

哥布林殺手緩緩搖了搖頭。

「不知道，但就是不痛快。」

「唔唔唔~如果對方單純沒有施法者，我們是可以輕鬆多了啦……」

「貧僧也有些納悶起來了。」

妖精弓手皺起眉頭，蜥蜴僧侶也跟著嚴肅地開了口。

「對村莊的襲擊，以及擊潰上一波冒險者的手腕，怎麼看都覺得是有智者帶頭。」

「果然是由闇人或巨魔率領嗎？」

「……說不定是惡魔（Demon）之類的。」

妖精弓手以難以言喻的表情這麼一說，話聲就在洞窟中迴盪，聽來十分異樣。

冒險者們面面相覷，結果礦人捻著鬍鬚呼了一口氣。

「啊啊，別說了別說了，一點風聲鶴唳就嚇破膽，那還有戲唱嗎？」

他個子矮小，但伸長了手，在哥布林殺手背上一拍。

「雖然不至於是『用鎚子敲寶劍』，可是嚙切丸啊，現在還是把心思花在該做的事情上比較好吧。」

「……嗯。」

哥布林殺手最後再舉起火把看了看牆壁，然後點頭回應。

「那句話，是礦人的格言？」

「對啊。」礦人道士自豪地擦了擦鼻子。

「是嗎。」

哥布林殺手一如往常踩著大剌剌的腳步，往裡頭走去。

是寶劍就不需要再鍛打。他想到這裡，微微唔了一聲。不壞。

洞窟倒也不至於錯綜複雜得像迷宮，他們沿著通道前進了一會兒。
感覺不到哥布林存在的聲息，只有腐臭味瀰漫其中。
「……我都快要吐了。」
妖精弓手一邊說話，一邊厭惡地拉起衣領試著遮住口鼻。
其他人雖然不說話，但心情多半也是一樣——哥布林殺手除外。
過了一會兒，冒險者們來到一個丁字路口。
妖精弓手立刻蹲得極低，仔細查探地上的腳印。
「……右邊的腳印比較多。」
妖精弓手拍拍手上的塵土說了這句話。
姑且不論建築物內，既然是天然的洞窟，她的眼力就非常可靠。
既然如此，右邊大多是寢室，左邊則是兵器庫或倉庫，又或者……
「以前我們就曾先從廁所殺起對吧？」
「嗯。」哥布林殺手點點頭。「因為要是被躲在廁所的傢伙逃掉，會很麻煩。」
「這次也要這樣嗎？」
「……唔。」
哥布林殺手低聲沉吟。

應該照標準方式，還是不應該？

採取和平常一樣的戰術，是否恰當？

對方有沒有可能看穿我方戰術？

他想像，思考。

若說投擲是凡人的第一武器，那麼智慧就是第二武器。

如果自己是哥布林，會怎麼做？

「我們從右邊開始進攻。」

哥布林殺手毫不猶豫地做出決斷。

沒有人有異議。

妖精弓手把箭搭上大弓的弦，蜥蜴僧侶磨了磨牙刀舉好。

礦人道士手伸進裝滿觸媒的袋子，女神官牢牢握住錫杖。

他們在洞窟中迅速跑過，來到一處挖空的大廣間。

裡頭有一大群為了從奇襲用的洞口穿出，扛著鏟子與十字鎬的哥布林——……

§

「『慈悲為懷的地母神呀，請將神聖的光輝，賜予在黑暗中迷途的我等』！」

結果先發制人的是女神官。

這並非出於純熟的本領。就只是**骰子擲出好數字**。

但能在這千鈞一髮之際，毫不猶豫祈求「聖光（Holy Light）」的神蹟，仍證明她確實有所成長。

女神官高高舉起的錫杖杖頭，顯現了天神所賜的神蹟，粲然照亮了洞窟。

「GORARAB!?」

「ORRRG!?」

被神聖光芒照得按住眼睛哀號的哥布林，數量有十、不對，是十五——？

「十七。沒有鄉巴佬（Hob）、沒有施法者，有弓箭。我們上！」

相對的，背負光源的冒險者方，不會受到任何不利影響。

「首殺，我要了！」

哥布林殺手一聲令下，木芽箭隨即射出。

妖精弓手優雅地拉起蜘蛛絲弦，一舉射出手上的三枝箭。

無論是暗處還是窄處，森人的弓都不會射偏。

當技術高度純熟，就會神奇得與魔法無異。

轉眼間就有三隻哥布林遭到射殺，剩下十四。接著襲向他們的是如雨般的石彈。

「『上工囉上工囉，土精靈們。哪怕只是一粒細沙，滾久了也會變成石頭』！」

哥布林發出哀號，骨頭被擊碎，皮肉被重擊，掙扎著四處竄逃。

「石彈（Stone Blast）」將小鬼通殺，或說一網打盡。

當然，這時也可以將法術用來支援同伴，或是妨礙敵人。

之所以特意施展攻擊用的「石彈」，是根據礦人的判斷。

對大範圍有效的法術，在先發制人且尚未接戰的狀況下，最能徹底肆虐。

剩下十。

這些哥布林眼睛流出骯髒的眼淚大聲嚷嚷，湧了過來。

「好～！可以上啦！嚙切丸！長鱗片的！」

「喔嗚！」

「好。」

兩名前鋒伴隨刺耳的怪鳥般吆喝與簡短的應答聲，擋住了廣間的入口。

他們當然不能讓敵人踏進來，既然要以寡擊眾，在窄門應戰乃是戰術的常理。

原本將近四倍的戰力差，如今只剩兩倍。而能夠同時站在通道戰鬥的小鬼，只有兩三隻。

既然迎戰的戰士有兩人，從地勢來看，說局面已經平分秋色，也並不為過。

掌握主導權就是這麼重要，在戰鬥中更是如此。

畢竟不管怎麼說，**哥布林永遠比冒險者多**。

若冒險者認知不到這個太理所當然的事實，下場往往悲慘。

「GORROB！」

「咿咿呀！」

眼睛仍留有殘光的哥布林所展開的迎擊，不足為懼。

蜥蜴僧侶的爪爪牙尾舞動，一隻小鬼被尾巴重擊，一隻被一爪撕裂。剩下八。

蜥蜴人（Lizardman）以獸性為尊。因為龍就是兼具知性與獸性。

蜥蜴僧侶剽悍而凶猛地散播咆哮與禱詞，讓剩下的哥布林退縮。

而在他的身旁。

「哼。」

哥布林殺手義務性地，默默而精準地刺中小鬼的要害，將他們逐一殺死。
咽喉、心臟、或是頭部。只要是人形的生物，致命的部位就多。
哥布林殺手偏好咽喉。因為只要刺中，即使不會當場斃命，也能癱瘓敵人。
他踢倒發出渾濁哀號聲的哥布林，將劍擲向後頭的另一隻。
「ORAGAGA!?」
「十、十一。」
另一隻哥布林被刺穿咽喉，也當場斃命。即使身在暗處，他出手仍然精準。
剩下六。哥布林殺手踢起一根死掉的小鬼留下的棍棒，握在手中。
隨後用盾牌擋住側面的一隻揮來的短斧，朝腹部挺出棍棒。
「ORARAO!?」
緊接著又對嘔出滿口穢物的小鬼揮出一棍。這樣就又解決兩隻。
哥布林殺手殘酷地擊碎小鬼的頭蓋骨，若無其事揮去噴到盾牌上的嘔吐物。
「十三。敵人差不多要站穩腳步了。」
「好的！」
剩下四。他們當然不打算停手。
女神官神情透出緊張，收攏錫杖，獻上磨耗靈魂的祈禱。

「『慈悲為懷的地母神呀，請將神聖的光輝，賜予在黑暗中迷途的我等』！」

地母神回應虔誠的信徒獻上的祈禱，再度賜下了神蹟。

亮得刺眼的白光，抹去了洞窟中的黑暗。

但這些小鬼也絕對不是傻子。

即使欠缺知識，但若論到智慧，牠們的狡猾無人能及。

當欠缺倫理的惡童擁有暴力，會有怎樣的結果是非常明白的。

那個小丫頭舉起的杖發光了。

她又準備舉起杖。

那麼就應該又會發光。

一隻哥布林想到這個極為單純明快的事實，情急之下立刻低頭。

不巧的是，這隻哥布林手上的武器是弓箭。

其他三隻同伴接連被殺之際，他低下頭，算準時機，搭箭、拉弓。

「——嗚，啊啊!?」

一聲像是震驚的尖叫。整個人彈開倒地的不是別人，正是妖精弓手。

哥布林的箭精準地從兩名前鋒的縫隙間穿過，射中了她。

實實在在是致命一擊（Critical Hit）。

「這可糟了……！」

「唔……」

妖精弓手修長的大腿上，殘酷地插著一枝凶惡而簡陋的箭。

哥布林殺手朝背後一瞥，擲出棍棒之後往前飛奔。

「ORAAG!?」

棍棒在空中轉了一圈，紮紮實實打在哥布林頭上，讓牠發出慘叫。

但只靠這麼一棍還不足以讓小鬼斃命，還需要補上一記。

哥布林殺手一邊奔跑，一邊從腳下撿起短劍，把最後幾步距離一躍而過，撲了上去。

哥布林情急之下抓著箭胡亂揮動，但已經太遲了。短劍刺進心臟，順勢一剜，當場斷氣。

「GOAORR……!?」

「……十七。」

這樣一來，就全部殺光了。

哥布林殺手還顧累累死屍，撿起一把稱手的長劍，塞進劍鞘。

「喂喂，長耳丫頭，妳要不要緊啊……！」

「好痛……我、我沒事。抱歉，我失誤了。」

「我馬上幫妳處理……！有毒嗎——……？」

「貧僧看看。得先拔出箭頭才行……」

妖精弓手臉色蒼白地故作堅強，按住箭傷低聲說：「麻煩你了。」

相信本來他應該立刻跑向同伴身邊，查看她的傷勢。

但他們仍身處敵地，必須警戒四周，以防突襲。

根據哥布林殺手的看法，這並非致命傷……況且，他有事情要弄清楚。

他用腳把最後解決的小鬼射手屍體翻過來。

「……唔。」

他從身體翻轉過來而露出的肩口上，看出有一處已經痊癒的箭傷痕跡，低聲驚呼。

他看過這隻哥布林。

「……啊!?」

「怎麼了？」

就在這時。

背後傳來驚叫聲，哥布林殺手轉身看去。

他大剌剌地快步走近，女神官就從蹲下的妖精弓手身旁抬頭看向他。

「哥、哥布林殺手先生。請你……看看這個。」

女神官用被妖精弓手的血弄髒而顫抖的手遞出的，是一枝箭的箭身。

沒錯，是箭身。沒有箭頭。

這箭身疑似是哥布林所製，只是隨便挑些樹枝削一削，加上聊備一格的箭羽。

但箭頭卻固定得很鬆。不，應該是故意弄鬆的吧。

箭身從箭頭上脫落，把箭頭留在了妖精弓手體內。

「……竟然，學起來了？」

太大意了。

不，不管要思索還是要後悔，當下都得延後。

哥布林殺手毫不猶豫地在妖精弓手身旁蹲下。

「會痛嗎？」

「就、就說，沒事了……歐爾克博格，太擔心了……」

想必只要微微一動都會痛。妖精弓手大腿淌著鮮血發出呻吟。

「按住傷口，這樣可以止血。雖然只是應急。」

「嗯、嗯。知、知道了。」

妖精弓手或許覺得自己回應得夠堅強，但聲調卻比平常虛弱。

哥布林殺手不再對她問話，轉向女神官：

「有中毒之類的情形嗎？」

「目前應該沒有。可是……」

女神官回答同時，關心地看著妖精弓手的傷口。

即使手用力按住，血還是會從指縫間慢慢透出。

「要是箭頭留在裡面，就算用治癒的神蹟讓傷口痊癒，也沒有意義……」

雖說是神所賜下的神蹟，在地上也離萬能十分遙遠。

要在體內留有異物的情形下施加「小癒（Heal）」，是相當困難的。

哥布林殺手看向蜥蜴僧侶，他也嚴肅地搖了搖頭。

「『治療』也只是提升肉體自癒力的手段啊。」

既是如此，決定就下得很快。礦人道士一邊翻找觸媒袋一邊說：

「但也不能放著不管吧。嚙切丸，來幫我一下。」

「嗯。」

哥布林殺手與礦人道士互相使了個臉色，立刻付諸行動。

女神官看懂他們的意圖，露出憂鬱的表情，不懂的妖精弓手則一臉不安。

哥布林殺手從鞘中拔出自己的——而非從小鬼手上搶來的——短劍，檢查刀刃。

「我來。火就麻煩你了。」

「好唷。『跳舞吧跳舞吧，火蜥蜴，把你尾巴的火焰分一點給我！』」

礦人道士從包包拿出打火石，敲得喀喀作響，念出咒語。

緊接著啵的一聲，一團小小的鬼火憑空竄出，點亮了哥布林殺手的短劍。

同時他從雜物袋抽出一條手巾，扔向妖精弓手。

「咬著。」

「你、你們要做什麼？」

「用小刀剜出箭頭。」

妖精弓手的長耳朵大大跳了一下。

「我、我才不要！這種事情！等回去，回去以後再……」

看到她維持坐倒在地的姿勢，用一隻腳磨蹭著想後退，礦人道士嘆了一口氣。

「長耳丫頭，別使性子了。嚙切丸不是說了嗎？小心妳的腳會從這裡脫落啊。」

「到時候，就再也接不上了吶……」

一旁的蜥蜴僧侶也一副看到天降大石似的死心模樣，搖了搖頭。

「嗚、唔、唔、唔……」

「各位，我看還是別太嚇著她……」

女神官看不下去，以一臉為難的表情規勸男性成員——但並不試圖阻止。

她就曾經被強行拔出箭過。

對那種恐懼、痛楚，以及置之不理的弊害，她都明白。

「……至少，麻煩盡量用不痛的方法。」

「我是這麼打算。」

哥布林殺手等待加熱得火紅的刀刃，冷卻到適當的溫度。

他和四處行醫的醫師學過，這樣一來就能去除刀刃的毒害。

「讓我看看傷口。」

「嗚、嗚嗚……真的不要弄痛我喔……」

妖精弓手戰戰兢兢，臉色蒼白，拿開了手。

「灑酒。」

「沒問題。」

礦人道士把火酒含在嘴裡，就像施展「酩酊（Drunk）」時一樣，噗的一聲噴了出來。

灼人的酒精灑上傷口，讓妖精弓手痛得眼眶含淚，身體弓起。

「嗚、嗚……！」

「咬緊布，可別咬到舌頭了。」

「我再說一次，不、不要，弄痛我喔……？」

「我沒辦法保證。」哥布林殺手搖搖頭。「但，會努力。」

妖精弓手以徹底死心的模樣咬住布，用力閉上眼睛。女神官握住她的手。

接著哥布林殺手讓刀刃陷進妖精弓手的大腿，剜開了傷口。

「嗚——！嗚、唔、嗚唔、啊、嘰、咿咿……！」

妖精弓手就像擱淺後彈跳的魚一般，苗條的身軀在地上掙扎扭動。

手按住她肩膀的是蜥蜴僧侶，女神官一直握著她的手。

哥布林殺手的動作堅決到了殘忍的地步。

即使對妖精弓手而言宛如長達數小時，取出一片石箭頭卻花不了幾秒。

「很好。」

「嗚、呼～……呼～……」

「『受傷反增美麗的蛇髮女怪龍（GORGOS）呀，將妳的治癒賦予我手』！」

肌肉接合、皮膚隆起，傷痕就此冒泡消失，實實在在就是神蹟。

「可以動嗎？」

「嗯、嗯……」

妖精弓手擦去眼角的淚水，戰戰兢兢地動了動腳。

她拖著腳動了動，檢查狀況，然後窩囊地垂下耳朵。

「……嗚、嗚。凡、凡人的治療，好粗魯……還隱隱作痛。」

「妳、妳還好嗎？」

「大概……」

女神官趕緊扶著她，妖精弓手緩緩站起。

「能射箭嗎。」

「當然能。」

聽到哥布林殺手這麼問，妖精弓手答得有些賭氣。

相信她應該沒在逞強。

但儘管射擊無礙，卻損及了她的機動性。至少今天勢必有影響。

「應該要折回去吧。」哥布林殺手搖搖頭。「妳還太勉強。」

「法術和神蹟可都所剩無幾囉。」

蜥蜴僧侶平淡地宣告事實，而他緩緩搖動鐵盔回答：

「裡頭還有房間，得查個清楚。」

哥布林殺手檢查鎧甲、頭盔、盾牌、武器等各式裝備，然後回望同伴。

「只留我一個人也行。」

「開玩笑。」受傷的妖精弓手第一個回答。「我們當然去。對不對？」

「是，當然了。」

女神官接著堅強地點頭。

「唔。」哥布林殺手沉吟一聲，蜥蜴僧侶笑著把手放到他肩上。

「既然如此，就所有人一起去吧。」

「受不了，長耳ㄚ頭就是任性。」

礦人道士臉上堆滿笑容，刻意聳了聳肩膀，妖精弓手便狠狠瞪了他一眼。

「等一下，還不是歐爾克博格他……！」

吵吵鬧鬧。

哥布林殺手對一如往常的鬥嘴左耳進右耳出，再度環視整個廣間。

被逼到局勢如此不利，那些哥布林卻絲毫沒有要逃命的跡象。

模仿他巧思的哥布林。箭傷得到治療的哥布林。領導他們的哥布林。

「不痛快。」

真的，不痛快。

§

「哼。」

哥布林殺手一踹之下，行將腐朽的門發出咿呀聲倒下。

緊接著冒險者們湧進房內，組成隊形，女神官在正中央舉起火把。

「唔……」

糧倉、倉庫或是廁所？不，火把照亮的房間，並非其中任何一種空間。

和先前的大廣間一樣，這處空洞也同樣是個寬廣的空間。

這個鑿穿土壤而成的空間裡，有著好幾處狀似座椅的土堆並排。

此外靠內處還有一塊不知道打哪兒搬來、接近長方形的大石。

顯然是祭壇。

這裡是禮拜堂，也就是說，這座洞窟是神殿了？

既然如此，理應有祭品被奉獻到這祭壇上——……

「啊……！」

最先注意到而飛奔出去的，果然是女神官。

過去在地下水道遭遇圈套的記憶，忽然從腦海中復甦。

但，這不構成躊躇的理由。警戒是有必要的。但這不構成不去救人的理由。

冰冷的石頭上，躺著一名一絲不掛的少女。

裸體略顯髒汙，眼瞼緊閉的臉上帶著濃重的憔悴。

而她沾滿汙物的頭髮，是蜂蜜般的金黃色……

「她有氣息……！」

女神官輕輕抱起她，發出喜悅的呼聲。

豐滿的胸部緩緩上下，是呼吸，是活著的證明。

「委託執行完畢，是吧。」

妖精弓手以像是根本不這麼覺得的神情說了。

她還是老樣子，對剿滅哥布林這種任務不會有成就感。

她噘起嘴，目光在神殿中掃過一圈。一處原始的祭祀場。

身為上森人的她，終究無法從這裡感受到神的存在。

「……是有邪教的神官之類的嗎？」

「也說不定原先就是古代的遺跡。」

蜥蜴僧侶用爪子用力抓下一些牆上的土，唔了一聲轉動眼珠子。

「簡陋成這樣，可就連到底祭拜的是什麼神都沒個頭緒吶……」

「唔，這個……」礦人道士用手指揉搓牆壁。「土還很新，是最近挖的。」

「哥布林嗎。」哥布林殺手說。

「大概吧。」

礦人道士點點頭，肯定他的猜測。

哥布林是墮落的圃人(Rare)、森人、礦人，又或者是從綠色月亮落入凡間的人，他們不知道哪一種說法才對。

但哥布林是棲息於地底的人種，挖掘技術絕對不應該藐視。

無論處在多麼偏僻的土地，不知不覺就會挖出洞，開始有小鬼潛伏。

更別說小鬼挑上冒險者們展開奇襲，乃是家常便飯。

經歷過的不只哥布林殺手，像女神官就在第一次冒險中……

「各位，這個……」

女神官聲調中透出困惑，視線再度看向這名被俘虜的冒險者。

她也不怕手弄髒，把女子的金髮往上翻起，露出她的頸項。

「……好過分。」

也難怪妖精弓手會忍不住這麼說。

這名失去意識的女子，脖子上有著清清楚楚的烙印，讓人看了都覺得痛。這個黑紅色的烙印，玷汙了她雪白的肌膚。

「唔……」

哥布林殺手撿起掉落在周圍的金屬模具。

多半是把撿來的馬蹄鐵加上一些東西，組合得複雜一些而成的。

「這就是烙鐵？」

「看來是。」

或許是用來象徵某種圓形的物體吧。圓環中有著眼睛的圖案。

哥布林殺手舉起火把，仔細檢查烙印，翻找記憶。

會是哪個部族的徽章嗎？哥布林的生態至今仍有許多未解之謎。

「不過……總覺得，似乎不是哥布林的圖騰。」

追根究柢而言，哥布林不會有親手「製造東西」的想法。

需要什麼東西，去搶就好。這樣就夠了。

像這樣的烙鐵，雖說只是把既有的物品組合在一起，但製造出來的……

「我想……這是綠色月亮。」

顫抖的說話聲。女神官一邊輕輕撫摸女子的頸子，一邊說道。

「是神的聖符。是外來的，智慧之神。覺知神的……」

——這個盤面聚集了許多天神觀看。

其中當然也有司掌睿智的知識神，學者與文官對知識神有著虔誠的信仰。

據說知識神會對探究世上真相、真理與未知的人，賜予靈感。

沒錯，知識神給予的不是知識本身，而是路標。

因為通往真理的路途、挫折與苦難，也是寶貴的知識。

然而外來的智慧之神——覺知神，則有些不同。

覺知神並非引導人們尋找知識，而是一個對所有尋求知識的人，都一律給予智慧的神。

這會讓世界、讓盤面產生什麼樣的改變，多半不在覺知神感興趣的範圍內。

舉例來說，假設有個青年面臨日常生活中小小的不幸，說了句：「好想毀滅世界啊。」

本來只是發發牢騷、抱怨，只是天真地吐露心中的不平與不滿。

然而一旦被覺知神看上呢？

下一瞬間，他的腦海中就會閃現毀滅世界的可怕邪道，於是展開行動。

由於覺知神會給予令人意想不到的智慧，信奉祂的人也不少，但……

「……不只是腳，我連頭也開始痛起來了。」

妖精弓手就如她自己所說的，忍耐著頭痛似的皺起眉頭。

「我來警戒，你們繼續說。」

「喂。」礦人道士以拿她沒轍的表情發起牢騷。「警戒是很好，不過至少也該聽聽大夥兒說些什麼。」

「……好啦。」

妖精弓手不起勁地回答，無意義地彈響大弓，鬆鬆地搭上箭。

或許是痛得會分心，只見她忙碌地換腳踏步，耳朵微微搖動，注意四周。

哥布林殺手往她瞥了一眼，再度將視線落到烙鐵上。

「……妳說這是綠色月亮。」

「是。雖然我也只是在神殿學過一點。」

女神官一副連自己都半信半疑的模樣點點頭。見習時代的記憶，已經十分遙遠。

「那些哥布林所來自的、那裡嗎。」

哥布林殺手低聲沉吟，握緊了烙鐵。

「那就錯不了，對手是哥布林。」

哥布林殺手毫不猶豫，沒有絲毫迷惘，如此斷定。

「那小鬼身上，有治療的痕跡。」

除了哥布林自己，還會有其他種族特地發動神蹟來救哥布林嗎？

「慈悲為懷的混沌之輩——」蜥蜴僧侶忿忿地從鼻孔噴氣。「想來不是吶。」

「那麼，果然是哥布林？可是……這……」

女神官懷著難以置信的心情連連眨眼。

外來的智慧之神是個特立獨行的神，所以即使找上哥布林也不稀奇。

不稀奇歸不稀奇，女神官心中仍無法避免留下疑念。

然而，就算真是這樣好了，既然會執行儀式……

那麼這就並非「偶爾聽見神諭」如此簡單的層級。

「……難道不是闇人或高階的邪教神官（Evil Priest）？」

「咦咦~？不太可能吧？」

一道堅毅的嗓音，對女神官的推理打了岔。

礦人道士露骨地嘆了口氣，責備般捻著鬍鬚。

「……別自己說要警戒，卻又在那邊搗亂。」

「叫我要聽大家說話的不就是礦人嗎？既然得聽，當然也有權利插嘴啊。」

妖精弓手臉不紅氣不喘地嘻嘻笑了幾聲，蜥蜴僧侶「唔」地重重點頭，認同她的權利。

「那麼，獵兵小姐，何出此言？」

「你想想。」

她豎起食指連連畫圈。

「率領小鬼胡亂擄掠，這不正是小鬼腦袋的水準嗎？」

「不，比起妳說的，山賊信了異教、率領小鬼之類的情況，說不準也是有的唄？」

「你說著說著，自己都沒自信了吧。」

「……是沒錯。」

「唔。」

蜥蜴僧侶喉嚨發出怪響沉吟，雙手抱胸，一邊思索、一邊彎起手指列舉條件。

「以小鬼等級的智能，率領小鬼、治療小鬼，攻擊人，邪神的僕從。」

「小鬼神官（Goblin Priest）……神官戰士（War Cleric）……」

女神官也用食指按在嘴唇上，一邊想得嗯嗯作聲，一邊提出選項。

每一個答案，都覺得不太對。敵人是什麼來頭？是哥布林……之中的什麼？

此時，一道假設有如天啟般在女神官腦海中閃現。

難道說——怎麼會——這不可能。

但是。

若說敵人是個**率領軍隊對抗異教徒的人**。

「不……不對，這個、該不會是……」

「……」

女神官難以置信，露出害怕的模樣連連搖頭。

身旁的哥布林殺手緊握的拳頭中，傳來烙鐵被捏扁的聲響。

不可能。太離譜了。然而，這世上不可能有所謂的不可能。

既然如此，答案就只有一個。哥布林殺手明確地認知到了敵人的真面目。

「……小鬼（Goblin），聖騎士（Paladin）……」

第4章 『結束與開始』（Rebuild）

Goblin Slayer
He does not let anyone roll the dice.

「那裡就是他們的巢穴嗎？」

冰冷有如刀割的雪中，少女的美貌絲毫不見衰減。

與其待在鉛灰色天空下的北方山脈，出現在華麗的舞會，想必還比較適合這位千金小姐。

她將美麗的波浪狀蜂蜜色頭髮綁成兩束，英氣逼人的五官，透出她的自豪。

隔著胸甲仍顯豐滿的胸部與苗條的腰，連束腰都不需要。

掛在腰間的刺劍也施加了精美的雕飾，從經得起鑑賞這點而言，給人的印象與劍的主人相同。

她的脖子上，掛著全新的白瓷識別牌，在雪的反射下照得閃閃發光。

她是冒險者，率領四名夥伴組成的團隊，花了幾天時間達成了雪中登山的壯舉。

眼前，雪山的山腰上，開著一處像是蟲蛀出來的黑色洞穴。

只要看看入口那令人皺眉的大堆穢物，這裡是巢穴的事實再明白不過。

至於是什麼生物的巢穴，既然是新進冒險者挑上的對手，不用說也知道。

哥布林。

光是想到哥布林，千金劍士心中就燃起了火焰般的戰意。

她已經沒有家世，沒有財富，也沒有權勢。僅有的依靠就是自己的才能與同伴。

而冒險的第一步，就是要驅除襲擊北方寒村的哥布林。並且要俐落得無以復加。

實實在在的冒險。

「好，大家準備妥當了吧！」

她手按強韌的腰，以強調胸部的傲慢動作，以刺劍指向巢穴。

「就讓我們對哥布林進行斷糧戰術吧！」

這是幾週前的事。

查出小鬼們的坑道，在洞口前架起防禦用的柵欄，是有效的方法。

他們搭起帳篷，烤火取暖，做好伏擊的準備，到此也並未犯下什麼錯。

「那些小鬼們會去攻擊村莊，說穿了不就是存糧不夠了嗎？」

千金劍士透出滿滿的自信說道。

「牠們是一群傻瓜似的生物。相信過不了幾天就會餓得受不了，衝出洞來。」

實際上也真的如此。

他們等待小鬼看到突然有柵欄封堵洞窟入口而想出來破壞，殺了幾隻。

幾天後，少數飢餓的個體衝出來時，他們也施予迎頭痛擊，又殺了幾隻。

說進行得一帆風順，並不為過。

不冒危險，以最低限度的勞力，漂亮地完成委託。

這是所有剛出道的冒險者都會有的夢想，就像夢想能夠成為白金等級的勇者一樣。

然而，如果事情有這麼簡單，剿滅哥布林的委託就不會叫作「冒險」。

這裡是北方，甚至靠近冰河的極寒地帶——有言語者所能生存的領域之外。

呼出的氣息才剛變白，立刻就結成冰而灼傷皮膚，凍結的睫毛每次眨眼都會碰出聲響。

裝備冰冷徹骨而且沉重，體力一天一天流失，幾乎全無娛樂可言。

五名冒險者中包含千金劍士等兩位女性，不過男性們當然守禮自持。

因此他們想透過用餐來排遣無聊，並補充體力。會有這種趨勢，也是無可奈何。

但從裝備、柵欄，到各種防寒用品，讓他們行李驟增，每個人所能搬運的糧食也就極為有限。

雖然一行人之中也有人懂得狩獵，也未必能夠穩定獵取到五人份的獵物。

況且箭矢之類的道具都是消耗品。即使把射中的箭回收使用，仍會產生耗損……

於是，最先用盡的是水。

糟糕的是她們起初直接挖起積雪就吃，吃壞了肚子，更加元氣大傷。

一行人並不笨。所以無論多費事，後來都會用火融化了雪再攝取。

接著必然導致燃料不足。

糧食匱乏、無水可用，連取暖都有困難。

於是千金劍士所擬訂的大膽計畫，就這麼輕易地瓦解了。

但如今才說要停止剿滅行動，卻又太過荒唐。

畢竟敵人是哥布林。是最弱的怪物，適合初學者的對手，適合做為第一次冒險的目標。

面對這樣的敵人卻不戰而敗，臨陣脫逃，不可能得到他人的肯定。

一旦遭人貼上「被哥布林打得落荒而逃的冒險者」這樣的標籤……

既然如此，就得有人下山去，調度補給物資回來。

狹小的帳篷中，臉挨著臉湊在一起的冒險者們，視線集中在一個點上。

那就是以輕銀劍為杖，冷得發抖，仍毅然環視眾人的千金劍士。

為什麼會弄成這樣？——任誰都不想認為是自己害的。

「妳去啦。」

圃人斥候(Rare Scout)這句話尖銳得幾乎刺穿心臟。

明明千金劍士提議斷糧戰術時，說聽起來很有趣而最贊成的人就是他。

「這陣子不都我在幹活兒嗎？每次都叫我去打獵物來。」

「……也對。我也贊成。」

圃人說自己無法接受這種待遇，穿著厚重外套的魔法師也重重點頭表示同意。

「坦白說，我從一開始就反對這個提案。照這方法，連施展法術的機會都沒有。」

「是啊，這點我也一樣。我已經愈來愈膩了。」

接著輕佻的半森人(Half Elf)女戰士也邊打著呵欠邊附和。

如果千金劍士的記憶正確，他們兩人對斷糧戰術的確都不表歡迎。

可是當她說明這個方案比較安全後，他們也只回了句「這樣啊」，隨後就答應了。

況且千金劍士本以為這幾天的行軍過程中，已經和身為半森人的她培養出了感情。

千金劍士以覺得受到背叛的心情朝她看去，對方便擺出一副瞧不起人的態度哼了一聲。

「再說我們自己也被這戰術耗得筋疲力盡，就沒有意義了吧……大和尚怎麼看？」

「……無妨，我覺得誰去都行。」

礦人僧侶一邊把玩著知識神的聖符，一邊簡單應了幾句。

「不過礦人、圃人，手腳都短；半森人，則是比較瘦弱。我是打算麻煩凡人(Hume)沒錯。」

被黑髮遮住的眼睛，露出狡猾的光芒，望向千金劍士。

如果要派去單獨行動，戰士比法師適合。

他的言外之意，就是在主張「應該由妳去」。

「……也好。就讓我負責。」

千金劍士一個字都不回，一直默默聽到現在，才說出這句話。

「因為這應該是最合理的選擇。」

沒錯，是因為很合理，自己才去。絕對不是因為這整個計畫錯了。

千金劍士一邊反覆如此說服自己，一邊踩著沉重的腳步，沿著漫長的山路下山。

她以傳家之寶的輕銀劍當手杖，忍耐不住寒冷與沉重而脫下的胸甲則已經塞進背包。

冒險者的武具竟然淪為無用的包袱，這種屈辱讓她咬緊了嘴脣。

而且，若要說起好不容易返回村莊後，她是否受到歡迎……

「喔喔，冒險者小姐，您回來啦！那麼，情形如何？」

「這個嘛，其實……」

「該不會是，有哪位受了傷嗎？」

「不是，我們……還沒開打。」

「竟然……」

「……然後，可以請各位分一點糧食給我們嗎？」

答案是否定的。

究竟村長——以及村民們，懷著什麼樣的心境呢？

當成救命繩而找來的這群冒險者，竟然過了好幾週，卻什麼都還沒做！

不僅如此，還要求分給他們更多食物、燃料與飲水……

如果村子有餘力長期養活五名武裝的年輕人，哪裡又有需要每次都逐一去委託冒險者？

他們連要過冬都很困難，對冒險者提供的支援自然會有所保留。

即使如此，她還是得到村民提供了聊勝於無的物資，相信這已稱得上是幸運了。

「……」

但增加的行李，讓千金劍士的回程腳步變得更加沉重。

每在雪上踏出一步，都有後悔像滲進來的泥水一般，在腦海中湧現。

是不是該做更周全的準備？

是不是該邀其他冒險者一起組成團隊？

不，是不是不該堅持斷糧戰術，先撤退再說……？

「不可能！就為了區區哥布林……」

即使她任憑一股衝動脫口而出，也沒有任何人回應。

如今她已經在風雪呼嘯的白色黑暗之中，受來臨的夜晚所困。

行李增加，以及無視疲勞的行軍，即使對千金劍士來說也是殘酷的。

「……就為了區區哥布林……」

她對凍得僵硬的手吹氣，千辛萬苦之下，總算還是搭好了帳篷。

光是遮擋住風與雪，就已經差很多，然而……

「……還真、冷啊。」

冰冷徹骨的夜晚空氣毫不留情。她抱著肩膀發抖，笨拙地排列柴薪。

她彈響手指，發出一道細小的雷電，點燃了柴火。

「『特尼特爾斯（雷電）』。」

千金劍士因為家傳絕技，學會了前鋒中少有人學習的雷魔法，但……

在這種狀況下，發出閃電又有什麼用？

頂多只是每天用能夠施展的法術生火取暖罷了。

就連這麼一件小事，都是用上從村子裡討來的少許柴薪，才能進行的奢侈享受。

「……」

她抱住膝蓋，縮起身體，像是要逃開呼嘯的風雪聲。

直到幾天前，她都還有夥伴陪著。

如今卻孤零零的。

再爬幾小時，就能抵達有同伴等候著的地方。有同伴在等她。大概。

可是，她實在沒有氣力去到那兒。

——我累了。

就只是這樣。

她憑著純粹靠聽來的知識，鬆開腰帶與裝備的扣具，整個人往後一躺。

火焰的熱度從體幹慢慢暈開，讓心靈漸漸放鬆。

以高明的手法，瀟灑地剿滅小鬼，轉眼間不斷升級，最後爬上黃金，或是白金。

不靠雙親的力量，只靠自己的才能求得功名，是多麼艱難的事啊！

——不對。相信這一定是理所當然的……

無論家世還是錢財，都絕非一朝一夕能夠獲取。

必須花上幾十年、幾百年，代代累積下來，才能有所成。

怎麼會以為只憑自己一個人，就能立刻發揮同等的實力？

——得跟他們道歉才行。

是對夥伴，還是對家人？

千金劍士自己也不曉得，但心中萌生了實實在在的謙虛，閉上雙眼。

半夢半醒。精神一鬆懈下來，疲勞隨即湧遍全身，會打起盹來也是必然的。

正因如此，她才未能立刻發現跡象。

啪一聲，溼潤的東西砸在地上的聲響。

似乎是風掀起了帳篷，一樣物體落在營火旁。

千金劍士起身，手腳撐在地上，細細打量。

「……？會是什麼呢？」

是耳朵。

並非凡人的耳朵——而是被人殘忍地硬生生扯下的、半森人的長耳朵。

「咿、嗚、嗚、嗚啊啊……!?」

她翻過身坐倒在地，發出尖叫往後退。

緊接著，刺耳而吵鬧的哄笑聲，迴盪在帳篷四周。

帳篷被人用力往外一拉，倒下來蓋在她身上，則是在下個瞬間。

「啊，不、啊，不要啊啊啊!?什麼!?是怎麼了……!?」

千金劍士陷入半狂亂狀態，被帳篷纏住身體，打滾掙扎。

火堆延燒上帳篷，冒出焦黑濃煙，立刻燻得她劇烈咳嗽流淚。

等她好不容易爬出帳篷，臉上已經全無平素的美貌可言。

綁起的金髮亂成一團，眼睛與鼻子盡是眼淚與鼻涕，臉上沾滿了煤灰——……

「咿、咿!?哥、哥布林……!?」

況且還得面對這些骯髒怪物的嘲笑，令她嚇得放聲尖叫。

黑夜裡呼嘯的風雪中，千金劍士早已被小鬼們完全包圍。

一群手上拿著簡陋的棍棒或石器、身上只圍著寒酸毛皮的——怪物。

但真正令千金劍士恐懼的，並非這些哥布林的身影。

而是他們拿在手上、令她眼熟的圃人、礦人、凡人的，頭。

在遠處被攫住頭髮的半森人，全身鬆弛癱軟，被牠們在雪地上拖行。

白色的雪中，只見淡紅色的痕跡就像用筆抹上顏料，不斷拉長、暈開。

「啊……嗚……！」

千金劍士抗拒地搖頭，頭髮甩得就像個鬧彆扭的孩子。

是在千金戰士缺陣的時期遭到突襲？

還是他們在她離開的期間進攻洞窟，結果反遭痛擊？

千金劍士用連連發抖的手拿過劍，想甩去劍鞘，然而————……

「這、這是，為什麼!?拔、拔不出來……拔不出來……!?」

這是她的失誤。

把沾滿雪的劍就這麼放到火堆旁，又立刻暴露在寒冷的環境中，會發生什麼事呢？

融化的水沾上劍鍔與劍鞘，再度暴露在酷寒當中，必然就會結冰。

千金劍士眼眶含淚，四周被哥布林團團圍住。

她用力咬緊嘴唇，心想既然劍沒得用，就打算以動得不太靈活的舌頭，試圖唱出咒語。

「特尼特爾斯（雷電）……歐利恩斯（發生）……！」

「GRORRA！」

「嗯、噗!?」

這些哥布林當然不會慈悲到等她念完。

石彈毫不留情砸在臉上，千金劍士當場倒地。

所謂小鬼的慈悲，是為了嘲笑害怕的獵物可憐兮兮的求饒模樣而存在的。

她工整的鼻子當場塌陷，滴出的血弄髒了雪地。

「GROOOOUR！」

「不、要！住、住手、啊!?咿、咿!?住……不、要啊啊啊！」

她的頭髮被抓住，大聲哭喊，劍被搶走，發出尖叫。

最後只見她的腳掙扎著在空中亂踢。

比雙手手指加起來還多的哥布林一擁而上，淹沒了千金劍士的身影。

到頭來，被斷糧戰術殘害的到底是哪一方呢？

是因為這裡本來就是這些小鬼的大本營，他們是屬於挑戰的立場？

又或者，是因為沒做什麼準備就貿然和對方比拚耐心？

不管答案為何，她會有什麼樣的下場，早就無須贅言。

這群冒險者，已全軍覆沒。

§

千金劍士隱約聽見火花爆得劈啪作響，眨了眨眼睛。

身體暖洋洋的，但脖子上的鈍痛——一種火燒似的痛——告訴她現實。

發生了什麼事。自己被怎麼了。無數記憶有如閃光般浮現。

「……」

千金劍士默默翻開毯子，坐起上身。她似乎待在床上。

仔細一看，是在一棟圓木搭建的建築物中。飄散在空氣中衝鼻的氣味，則是酒之類的——……

當時明明被塞進穢物堆裡，嗅覺卻沒失靈，是她的不幸之一。

她推測出自己多半是在酒館二樓，旅館的一間客房內。只要這不是她的妄想。

與此同時，她從除了暖爐外沒有其他光源的昏暗房間，角落的暗處……

認出了一個坐著不動的人影。

廉價的鐵盔、髒汙的皮甲，佩劍不長不短，一面小圓盾立在牆邊。

除了掛在脖子上的白銀以外，模樣實在太寒酸。然而，她的嗓音已經不再顫抖。

「……哥布林。」

細小的說話聲。從她嘴脣洩出的這句話，不是對任何人說，而是自言自語。

「嗯。」

但這個人回應了。他的嗓音低沉，粗魯：

「是哥布林。」

「……是嗎。」

千金劍士短短應了一聲，再度倒回床上。

她閉上眼睛，凝視眼瞼下的黑暗，然後微微睜開。

「……大家呢？」

「死了。」

他回答得很平淡。這句話簡潔而冰冷，只告知事實，幾乎到了慈悲為懷的地步。

「這樣，啊。」

千金劍士微微思索。對心中不起一絲漣漪的自己思索。

她本以為至少會流個眼淚，但令她驚訝的是，心中風平浪靜，完全沒有波動。

「……我得救了……不，都結束了？」

「沒有。」

木頭地板發出咿呀聲。

是他站了起來。

他把盾牌綁到左腕上，檢查頭盔的狀況，然後就踩著大剌剌的腳步逼近她。

「我有幾件事想問。」

「……」
「在能回答的範圍內回答就好。」
「……」
「可以吧。」
「……」
這個異樣的男子似乎把千金劍士的沉默當成答應，淡淡地說下去。
遭遇到的哥布林數目、規模、種類、遭遇地點、方位。
她無精打采地回答。
不知道。不知道。都差不多。洞窟旁邊。北邊。
男子微微「唔」了一聲，並不針對她的回答補充什麼。
霹、霹。暖爐濺出火星，彷彿要填補沒有對話的空檔。
男子起身拿起火鉗，無意義地翻動柴薪。
過了一會兒，他面向暖爐，和問起之前幾個問題時一樣，靜靜地開了口。
「你們做了什麼。」
「……斷糧戰術。」
千金劍士這麼回答，嘴角微微抽動。

微微。輕微。小得從外表上看不出來。

她覺得自己是笑了。

「……我本來以為會順利。」

「是嗎。」

聽到他平淡地應聲，她點了點頭。

封堵洞窟入口，等那些小鬼餓了，再逐一解決。

和同伴一起。以高明的手法。活躍。提升等級。然後。然後。

「……我本來以為，會順利。」

「……是嗎。」

他把同一句話又說了一次，點了點頭。

最後他再度用火鉗攪了攪暖爐內，然後隨手一扔。

留下鐵碰出的喀啷聲，站了起來。地板彎折作響。

「也是會有這種情形。」

千金劍士茫然仰望他的臉。

有鐵盔遮住，完全看不出他的表情。

但仔細想想，這是他所說的第一句——像是在安慰人的話。

他似乎已經對千金劍士失去興趣，大剌剌地走向門口。

千金劍士對他的背影呼喚：

「……你，等一下。」

「什麼事。」

破碎，且已經像是很久很久以前的記憶彼岸，模模糊糊浮現出了一樣事物。

廉價的鐵盔、髒汙的皮甲，腰間掛著一把不長不短的劍，手上綁著一面小圓盾。

古怪、另類。脖子上掛著銀色的識別牌。剿滅小鬼。矛盾的印象。

但，這讓她腦海中，回想起了以前聽過的詩歌。

那是一段已經非常非常遙遠的過去，和同伴們一起在街上歡笑時的記憶。

被譽為邊境最優秀的冒險者。

「……你，是哥布林殺手？」

「……」

一瞬間的沉默。

他不回頭。

「別人這麼叫我。」

他以仍然讓人聽不出情緒的聲調回答，然後就走出了房間。

門砰一聲關上。只剩滾落在地上的火鉗，還留有他待過的痕跡。

千金劍士茫然仰望天花板。

皮膚和衣服都被人清洗過，換上了樸素而簡陋的衣物。

她悄悄壓抑，不讓豐滿的胸部隨著呼吸而動。

幫自己擦洗身體的是他，還是別人？連這個問題都不重要了。

她已經，一無所有。什麼都沒有了。

她早已拋棄家族，也沒有同伴。貞操也被奪去。沒有錢，也沒有裝備。

——不對。

她的雙眼早已尋視到。

房間的角落。男子——哥布林殺手，一開始所坐的位置。

被撕裂得殘破不堪的皮甲，以及她被弄髒的背包。

頸子傳來一陣鈍痛。

「專殺小鬼之人（Goblin Slayer）。」

背包底部，為防萬一而設置的夾層，那些小鬼似乎沒看穿。

刺劍本來是種成對的武器，另一手要再握住一把防禦用的武器。

夾層裡藏的，是另一把從老家拿出來的寶劍。

一把以雷槌對紅色寶石鍛造而成的——輕銀短劍。

§

「似乎清醒了。」

「情況怎麼樣？」

哥布林殺手來到樓下，淡淡地回答聲調中透出擔心的女神官。

酒館——上次會議時聚集的村民，現在並不在場。

待哥布林殺手等人歸來時，周遭已經完全籠罩在夜幕之下。

既然小鬼都已經殺光，也就不必熬夜警戒。

因為受黑暗、寒冷與恐懼折磨，每天發抖的日子已經結束。

若說有唯一一個例外，應該就是村長了。

不幸的是，由他去迎接歸還的冒險者團隊，結果卻比村子裡的任何人，都更早聽到了這則報告。

『那些哥布林似乎另外建立了巢穴。』

也難怪村長會茫然若失地半張著嘴。

畢竟是北方的寒村，而且才正要過冬，這樣的情勢下，不可能還有餘力。

結果卻發生這種情形。

洞窟裡的哥布林已經剿滅，委託執行完畢——就算對方這麼回報也不奇怪。

意思是又得跑一趟公會，再次提出委託，還得支付酬勞才算數嗎？

又或者村莊會就這樣走向滅亡？

哥布林殺手告知「我們會繼續討伐」時，村長的確由衷鬆了口氣，然而……

村子裡的糧食狀況並無法就此得到改善。

他們團隊圍坐的圓桌上所放的，仍然盡是鹽漬蔬菜之類的樸素餐點。

這些盤子之間放著一張羊皮紙。

是在攻略洞窟之前，他們請獵師寫下的，雪山這一帶的地圖。

哥布林殺手一就座，就把地圖轉到對自己來說北方朝上的方向。

「欸。」

妖精弓手半閉眼睛看著他轉動地圖，以刺人的口吻開口：

「放她一個人，沒問題嗎？」

「不知道。」

「什麼不知道……」

「我哪會知道？」

妖精弓手不由得皺起眉頭，哥布林殺手流露出不耐煩的情緒。

平淡、野蠻，而且冰冷。說話幾乎從來不放粗嗓子的他，這麼說了：

「妳好可憐，同伴都死了，但妳還活著，真是太好了。我應該這麼說嗎？」

「…………就算這樣。」

妖精弓手氣勢被削弱了，張開嘴，又閉上，然後才總算接了下去：

「用詞總可以委婉點吧。」

哥布林殺手的回答很簡短。

「意思不會變。」

——說到這裡。

女神官輕輕咬了咬嘴唇。

自己那次……他就沒說出這類安慰的話。

在遺跡救出受傷的森人冒險者時也是一樣。

每次每次，他都一定不會說。

微微透出的血的滋味，苦澀得幾乎令人想哭。

她瞥了一眼，但哥布林殺手連注意到這視線的跡象都沒有。

「妳的傷勢如何。會影響到移動嗎。」

妖精弓手唔的一聲噘起嘴。露骨的話題轉換。這是他一貫的毛病。

況且既然讓他操心——即使是當成和剿滅哥布林有關的考量——她也沒辦法再抱怨。

「……沒事。還有一點痛就是了。再說也有人幫我治療過。」

「是嗎。」哥布林殺手搖動鐵盔點了點頭。

「那麼，關於裝備的補給……怎麼樣。」

「唔。」

蜥蜴僧侶重重點頭，輕輕拍了拍放在一旁的麻布袋。

他好不容易把長尾巴縮起來坐到椅子上，壓得椅子咿呀作響。

「眼前，糧食方面沒有問題。只不過是請村民拿出儲糧，收購起來可貴了。」

「雖然也不是第一次，不過你還真的都不考慮回本呢。」

妖精弓手半傻眼半死心地嘆了口氣，用手拄著臉頰。

說到跟他的交情將近一年，這點自己也差不多。

的確會習慣——只是，非得拉他去冒險不可的決心卻也與日俱增。

「喔喔～長耳ㄚ頭竟然擔心錢啊？這可和平常相反呢。」

也不知礦人道士對她的這種心情是否知曉，只聽他從喉頭發出笑聲。

光是補充做為觸媒的酒還不滿意，結果又在會議桌上喝了一杯。

將無臭無味的高度數蒸餾酒，連著瓶子埋進雪中釀成蜜狀——他正大口大口喝著這樣的酒。

看在妖精弓手眼裡，只覺得這光景令人光看都會宿醉。

「那當然囉。」她瞪了礦人道士一眼。「因為剿滅哥布林的酬勞有夠便宜的。」

「只是話說回來，這次倒還包含救助那位冒險者的委託。」

「也是啦，不然五、六個銀等級閒著沒事跑來剿滅哥布林，也很罕見。」

「我還只是黑曜石等級就是了。」

女神官心虛地說完，含糊地笑了笑。

只剩自己一人獨自存活。她本來認為自己已經從這個陰影中走出來，可是……

不免仍會思考，那位千金劍士與自己之間，究竟有著多少差別？

雖然不清楚這是出於命運，還是出於巧合……

每每想到天神那讓人看不見的骰子所擲出的點數好壞，女神官心中就會多增添一些淤積不去的事物。

「不管怎麼說，藥倒是調度到了。」礦人道士說著又喝了幾口，再倒，再喝。

「那孩子的姊……」哥布林殺手一瞬間變得支吾。「……藥師聽說還不成氣候。」

「雖然沒辦法做藥水（Potion），但藥草不管我們要多少她都會提供。」

礦人道士邋遢地滿臉堆笑，捻了捻鬍鬚。

「我看嚙切丸你乾脆討個那樣的老婆比較好吧？」

「誰知道。」

「……那個。」女神官覺得坐立不安，並非有什麼想法，卻忍不住出聲。

先是對話被打斷的礦人道士與哥布林殺手，接著其餘兩人的眼光也都聚集過來。

「呃，我是想說……」

女神官尷尬得視線低垂，扭扭捏捏。

「接下來，我們要怎麼做呢？」結果還是挑了不痛不癢的話題開口。

「當然，要剿滅哥布林。」

哥布林殺手的回答，一如往常地冰冷。

他將上半身探到桌上，白了填滿地圖周圍的杯皿與飯菜一眼。

「拿開。」

「好喔。」

礦人道士似乎正中下懷，抓起一把盤子上的蒸芋頭，扔進嘴裡。妖精弓手本來要留到最後才吃，發出「啊」的一聲表露不滿，但還是動手收拾餐具。

礦人道士心想要是被她倒掉酒來回敬，那可受不了，趕緊留住蒸餾酒瓶與杯子。

蜥蜴僧侶看著兩人較勁，伸出舌頭讚了句：「有趣、有趣」，幫眾人往空了的杯子裡倒酒。

「…………」最後由女神官不發一語地仔細擦拭圓桌。

「好。」

哥布林殺手點點頭，重新把地圖在桌上攤開。

接著從腰間的雜物袋抽出只是用木頭夾住木炭的文具，在洞窟的記號上打了個×。

「那個洞窟，顯然不是那些傢伙的居住區。」

「應該是禮拜堂之類的吧。」妖精弓手舔了一小口葡萄酒。「雖然我還沒辦法相信。」

「然而應該是事實，這點我等非得承認不可，只是話說回來……」

蜥蜴僧侶咻一聲吐出舌頭與氣息，閉上了眼睛。頃刻後，他睜開單邊瞳眸，看了女神官一眼。兩人視線交會，她全身一震。

「神官小姐怎麼想呢？」

「咦、啊……啊，是的。」

女神官趕緊在椅子上坐正，死命握緊膝蓋上的錫杖。

受到關心了。這個意圖明確地傳達到能讓她察覺。

——我得轉換過來才行。

她喝了一口葡萄酒潤潤喉嚨，用舌頭輕輕舔了舔沾到酒水的嘴唇，讓嘴唇確實溼潤。

「我的意見也和哥布林殺手先生一樣。呃……是三十……？」

「三十六隻。」哥布林殺手淡淡地補充。「我們解決的數目。」

「……我怎麼想都不覺得，那個地方可以讓足足三十六隻睡在裡面。」

「的確，像是酒啦飯菜啦，那些傢伙的物資，裡頭幾乎都沒有。」

哥布林是笨蛋的同義詞，但並非毫無智慧。

他們之所以並未擁有製造技術，純粹只是因為靠掠奪就足夠。

相較之下，起居用的洞窟——生活環境，就沒這麼簡單。

如果是去占領豪宅或遺跡等已經存在的居所也還罷了，如果要挖洞……

小鬼也有小鬼的考量，會分出儲藏庫、寢室、垃圾場等處。

何況小鬼原本就會把東西啃食得滿地狼籍，那個洞窟裡卻連這種饗宴的痕跡都沒留下。

裡頭就只有石造的祭壇、狀似禮拜堂的廣場，以及做為活祭品的少女……

「因此，牠們另有大本營。」

哥布林殺手這麼斷定，然後在地圖上圈起了一個位於更深山上的記號。

「照當地居民說法，爬到更高的高地，有座古代遺跡。」

「……十之八九就在那兒吧。」蜥蜴僧侶重重點頭。「那麼，是什麼樣的遺跡？」

「礦人的堡壘。」

自己的種族被叫到，礦人道士「唔唔」沉吟兩聲，喝了一口剛才護在手中的酒。

「神代的礦人堡壘啊？從正面攻城會有點棘手。嚙切丸，要放火嗎？」

「可燃水（汽油）倒是多少有些。」

哥布林殺手從雜物袋裡拿出裝了黑色液體的瓶子給眾人看。

「可是，那不是岩石砌成的城嗎？實在不覺得從外面點火會燒起來。」

「從外面……」女神官纖細的手指按在嘴唇上思索。「……那麼，如果從裡面呢？」

「不失為良策。」

蜥蜴僧侶立刻開口表示肯定。

他讓爪子在羊皮紙地圖上滑過，一邊仔細檢查行軍路線，一邊點頭。

「可是，我們要怎麼進去呢？從正面，應該會很難……」

女神官流露出思索的沉吟聲，妖精弓手隨即高高豎起長耳朵，湊了過來。

「潛入是吧！」

她滿臉喜色，獨自連連點頭，長耳朵也跟著搖動再搖動。

「嗯~嗯。這可不是愈來愈有冒險的樣子了嗎？感覺很好！」

「冒、冒險……是嗎？」

「那當然了。」

妖精弓手回答的聲音開朗、活力充沛又堅毅。

想來這既是她與生俱來的天性，同時也是刻意強顏歡笑。

沒有法律規定處在黯淡的狀況，就得連心情都得跟著黯淡。

「岩山深處、峭壁上的高地、聳立的堡壘中！居高臨下的首腦！潛入敵境，克敵致勝！」

這若不是冒險，又會是什麼呢？

妖精弓手揮舞拳頭大肆主張，對哥布林殺手投以話中有話的視線。

「也是啦，雖然敵人不是什麼大魔王……以剿滅哥布林來說，的確有點不一樣。」

「跟所謂的潛入，也不盡相同。」

哥布林殺手呼出一口氣。

「敵人認知到了冒險者的存在。不能貿然接近。」

「你有什麼主意嗎？」礦人道士問了。

「剛想到。」

哥布林殺手轉過頭去。

他的表情被頭盔遮住所以看不出來，但視線是朝向兩名神職人員。

「偽裝會違反你們的教義嗎？」

「這個嘛，會不會呢？」

蜥蜴僧侶說著，眼珠子轉了一圈。

爬蟲類的瞳孔朝女神官直視，壞心眼似的瞇起。

看到他的視線，女神官也刻意放鬆了臉頰。

──不能總是要大家顧慮著我啊。

「我、我想，應該得看時機和場合而定？」

「好。」

哥布林殺手把手伸進雜物袋翻找一番，把抓到的物體扔了出來。

這物體應聲滾到桌上、地圖上，然後倒下。

是那塊魔眼圖案的烙鐵。

「難得牠們特地留下線索。沒理由不將計就計。」

「哈哈──原來如此。」

蜥蜴僧侶心領神會，一拳搥在裹著一層厚實鱗片的手掌上。

「意思是要我們扮邪教徒？……唔，應該能行。」

「對。」

「貧僧是信奉邪神的龍人，隨從有戰士、礦人傭兵……」

「那，我就扮闇人吧！」
妖精弓手像貓一樣笑咪咪地對女神官說了。
「得把墨水塗到身上才行。對了對了，妳要不要也接上耳朵？這樣就跟我一樣了！」
「咦、啊、咦。我、我也要，在身上塗墨水嗎？」
女神官忍不住視線游移，妖精弓手輕巧地繞到她身前，露出滿臉笑容。
「總比淋上哥布林的內臟要好吧？」
「總覺得比較的對象不太對……」
那樣才好，這樣才好。不，這有點不對。可是還是浮誇點好。
哥布林殺手朝兩名嬉鬧的少女瞥了一眼，轉回來面對男士們。
蜥蜴僧侶微微瞇起眼睛。
「真是兩個好女孩兒啊。」
「嗯。」哥布林殺手點頭。「我知道。」
如果逞強或亂來就能贏，他會這麼做。
如果用黯淡憂鬱的心情把氣氛弄得嚴肅就能贏，他會這麼做。
然而，現實沒這麼簡單。

笑得出來。保持開朗。他們一行人全都知道這有多麼寶貴。

「那麼，關於易容可得好好加強才行吶。」

「一旦被拆穿是冒險者會很棘手。不說裝備，服裝必須換過。」

「甭擔心。」

礦人道士噁噗一聲呼出酒味，呵呵大笑。

「只要多收集些布條，就由我來縫個幾件。」

「喔喔？術師兄可真多才多藝啊。」

「好吃的飯菜、酒。好的音樂和歌曲。漂亮的衣服。再來就是，有個好女人，人生就會開心。」

礦人道士又自己斟了杯蜜一般濃稠的酒，閉上眼睛。

「一個人生活，自然會學好烹飪、樂器、歌唱和裁縫。要女人，我在鎮上也有熟的妓女。」

「哎呀，原來術師兄尚無妻小？」

蜥蜴僧侶意外地一問，礦人道士便露出笑容回答「是啊」。

「我想再單身逍遙個一百年，是個到處閒晃找消遣的傢伙。」

「呵呵呵。」蜥蜴僧侶伸出舌頭，用舔的品嘗烈酒，說道：

「術師兄看來非常年輕，著實令人欣羨。」

「不過，年紀比你們大就是了。」

礦人道士舉起酒瓶示意詢問，蜥蜴僧侶便點點頭，遞出杯子。

接著是哥布林殺手。他也「唔」的沉吟一聲，乖乖遞出了杯子。

酒液再度填滿。

「所以，怎麼說呢，你們也要好好享受人生啊。」

管他小鬼還神什麼的都好啦。礦人道士說著品起酒來。

他的視線所向之處，有著發出歡聲、相互嬉鬧的兩名少女。

「笑、哭、生氣、享受——那個長耳丫頭，對這一點……就很拿手。」

「……」

哥布林殺手默默將視線落到杯中。

油燈的橘色照映下，廉價的鐵盔從杯中回看自己。

他將液體從頭盔縫隙間一口氣倒進嘴裡，喝光。感覺喉嚨跟胃像是有火在燒。

他呼出一口氣。彷彿走過漫長的路途，回過頭去，再看看前方，前進的時候似乎又到了。

「……沒有，這麼簡單。」

「嗯。不簡單吶，當然不簡單。」

「不簡單是吧……說得也對啊。」

三名男子說完這幾句話，默默相視微笑。

兩名少女忽然看到他們這樣，不可思議地歪頭納悶。

「怎麼啦？」

「請問怎麼了嗎？」

礦人道士搖手表示什麼事都沒有，哥布林殺手看準空檔開了口：

「那麼，關於哥布林。」

「喔，嚙切丸要開始啦。」

礦人道士一口喝完，擦去鬍子上沾到的水珠，端正姿勢。

「帶頭的應該就是像聖騎士的傢伙唄……雖然前提是真的存在。」

「嗯。」哥布林殺手點點頭。「我，也沒對付過。」

「……就不知道，此人有幾分智慧。」

「至少，他模仿了我的把戲。」

哥布林殺手從雜物袋取出一塊鐵片，在手掌內把玩。

是被妖精弓手的血弄得又紅又黑的——箭頭。

他忿忿地握緊。

「再考慮能把三十六隻小鬼用過就丟，敵人想必很多。」

「其實我們每次遇到這些小鬼，也都是既狡猾、數目又多啦。」

收穫祭那次勉強解決，但那是掌握地理地形等情報，做足了準備才辦到的。

假使和牧場那次同規模，我方只有五個人，要在對方的領域應戰有其困難。

蜥蜴僧侶聽著同伴們的談話，沉吟一聲，然後嚴肅地說道：

「此外，還有一個問題。」

他用尾巴拍打地板，伸出手，把爪子插到地圖的標記上。

「就算順利闖進了敵人的堡壘，接下來要怎麼做呢？」

「嗯，關於這點……」

就在哥布林殺手說出「只要闖得進去」這句話時。

咿呀——

木頭發出的彎折聲，讓冒險者們立刻握住手邊武器。

他們屏氣凝神。酒館老闆早就躲了起來。

過了一會兒，咿呀聲轉變為輕快的腳步聲，從樓上順著樓梯下來，有人於是鬆了一口氣。

「……哥布林？」

是個沙啞的、宛如呼氣的嗓音。

那位千金劍士，抓著樓梯的扶手，一步一步緩緩下樓。

她在單薄的睡衣外套上滿是補丁的皮甲。手上拿著發出危險光芒的——銀色短劍。

——若是真銀（Mithril）……顏色未免太淺。是魔法武器之類的嗎……？

看到這光芒，礦人道士不由得瞇起眼睛。他這個金屬之友竟然會沒看過。

「……那，我也去。」

「不可以。」

聽到她的發言，最先出聲反對的就是妖精弓手。

「我們是接了妳雙親的委託，來救妳的。」

妖精弓手以森人式的率直，直視千金劍士的眼睛。

心想，她的眼睛又暗又深沉，就像井底一樣。

儘管聽到雙親這個字眼，眼裡仍然不起一絲漣漪。

她微微倒抽一口氣。

「再度冒生命危險之前，先回去好好談談才對吧？」

「……我不能這麼做。」

千金劍士搖了搖頭，一叢蜂蜜色的秀髮搖動得閃閃發光。

「……得討回來才行。」

蜥蜴僧侶雙手攏成奇妙的形狀，下巴靠了上去。

他闔眼的模樣像是在祈禱，也像是在忍受痛苦。

接著靜靜地問了：

「……討回什麼呢？」

「一切。」

千金劍士說得斬釘截鐵。

「討回一切，我所失去的一切。」

找回夢想、希望、明天、貞操、朋友、同伴、裝備、劍。

那些小鬼從她身上搶走，帶進那昏暗洞窟深處的一切。

「……貧僧也不是不懂。」

相信她要找回的是種叫作尊嚴，或是人生的事物。

蜥蜴僧侶咻的一聲呼出一口氣，以奇怪的手勢合掌。

「龍之所以為龍，是因為懷有尊嚴。沒有尊嚴的龍，就不再是龍……是吧？」

「等、等一下……」

妖精弓手慌了。

她沒料到冷靜沉著的蜥蜴僧侶會贊同，接著才又想到他其實挺好戰的。

妖精弓手的長耳朵一瞬間窩囊地垂下，馬上又振作起來似的豎起。

「礦人！你說點什麼啦！」

「隨她高興就好啦。」

「嗚耶!?」

又一個。妖精弓手的喉嚨，發出比平常更不像森人會發出的聲音。

礦人道士一副不感興趣的模樣，把酒瓶裡那蜜一般的酒，連最後一滴都倒進杯子裡，繼續說道：

「我們的委託是到救出她為止。接下來要怎麼做，該她自己負責。」

「連礦人都說這種話……！萬一她死掉，我們要怎麼辦啦！」

「妳說不定也會死。我說不定，也會死。」

他大口喝完最後一杯，擦了擦嘴。

「活物總有一天會死去。森人應該很清楚這點吧？比任何人都清楚。」

「這……是，沒錯啦……」

長耳朵垂了下來。

妖精弓手不知該如何是好。以迷路小孩似的表情，看著一張張同伴們的臉。

視線交會——所以，女神官對於說出這句話，極為躊躇。

她低頭，咬緊嘴脣，輕輕喝乾了杯中剩下的少許酒液。

若非如此，她實在說不出口。

「……我們，就帶她去吧。」

然而，除了她以外，沒有人能說出這句話。

「我想，若不帶她去……」

她會走不出來。

一定得不到救贖。

就和自己以前一樣。

還有，大概——也和以前的**他**一樣。

「……我。」

他——哥布林殺手，慎重地……極為慎重地，選擇遣詞用字，說道：

「不是妳的親人，也不是妳的朋友。」

「……」

「如果有事要拜託我們，該做什麼，妳應該明白。」

「……我明白。」

「啊！」這一下來得比妖精弓手這聲驚呼還快。

嘶的一聲，令人不舒服的聲響。蜂蜜色的髮絲落向半空。

「……酬勞，我預付。」

那是剛切下的一束——她的蜂蜜色秀髮。

千金劍士又用短劍切下另一束，扔到桌上。

用絲帶將長髮綁成兩束的千金小姐模樣，已經殘酷地消失無蹤。

「……我也要去。」

如今站在那兒的，是個將頭髮切短、咬緊的嘴脣表露出決心的復仇者。

女神官聽見哥布林殺手的鐵盔下，發出微微的低呼。

「……哥布林殺手、先生？」

「妳會什麼？」

哥布林殺手無視女神官的視線，淡淡發問。千金劍士流暢地回答：

「……劍。還有，『閃電(Lightning)』。」

「……」

© Noboru Kannatuki

哥布林殺手的頭盔，轉向礦人道士的方向。

「就是喚來雷霆啦。就像威力強大的大砲。」他沒趣地回答。

「……也好。」

哥布林殺手靜靜地這麼回應。

「可以吧？」

然後問了。

鐵盔接著朝向的，是把一線希望寄託在自己身上而看著他的妖精弓手。

她撇開視線，雙手用力抓住杯子，低頭不語，然而……

過了一會兒，她以手腕用力揉了揉眼角，沮喪地抬起頭，小聲回答：

「……只要歐爾克博格覺得可以。」

「好。」

哥布林殺手捲起地圖，站了起來。該做的事很清楚，每次都一樣。

無論何時、何地、發生什麼事——

打從十年前，就一直是這樣。

「那麼，我們就去剿滅哥布林。」

間章 『等待者的故事』

「噗啊啊！好冷好冷……！」

牧牛妹一推開公會的門，就發出了言不由衷的歡喜尖叫。

「都下起雪來了說。」

冬天到了呢。她說著拍掉雪，踏進公會的等候室。

冒險者們坐在長椅上靠暖爐的火取暖，人影比平常稀疏了些。

雖然時段也是原因之一，但該怎麼說，純粹就是比較少冒險者喜歡在寒冬出去冒險。

畢竟會冷，露宿在外也有諸多顧慮，會下雪，又危險，而且就是冷。

雖然有人說，住在遠比北方山脈更北處的蠻族，根本不把這點寒冷當一回事。

——但對嬌弱的文明人而言，冬天的確是個會令人想念溫暖事物的季節。

她走在充滿暖意的空間裡，鬆了一口氣。

也因為這樣，想賺錢的冒險者，大多會在春天到秋天的時期賺夠資金，以便過冬。

但話說回來，若要問現在留下的人是否都純粹是收入不佳的冒險者，卻又不是。

諸如小鬼這類受到汙染而墮落的精靈與怪物，這些不祈禱者即使到了冬天，帶來的威脅仍舊不少。

況且也有些要在雪花飛舞的季節才會開門的遺跡，只有這季節才會發現的寶箱。

修行者、探求者，或是種族本身就不太怕冷的冒險者，到了冬天也不會停止活動。

最重要的是，正因為冒險者少，冬季才更有其需求——這是以前有人教過她的。

「冬天啊。」

牧牛妹的朋友櫃檯小姐，從櫃檯內回答她的自言自語。

看到她拄著臉頰，憂鬱地看著窗外的模樣，牧牛妹微微歪頭納悶。

「怎麼啦？」

她一邊說聲「來」，遞出食品的收貨單，一邊問道，櫃檯小姐就含糊地笑著回了「沒什麼」。

「我是想說，都下起雪來了。」

「啊啊……」

牧牛妹也跟著望向窗外。

身在其中時不會注意到，但像這樣從屋內看去，就覺得紛紛飄散的雪花非常美麗。

相信這些棉絮般的雪花，很快就會把鎮上抹成白色。

「不知道要不要緊……」

這句話就像自言自語，沒提到是誰，也不說是什麼事。

牧牛妹自然而然地把雙手攏在豐滿的胸前，說了聲「不要緊的啦」。

「……畢竟他，以前好像就待過雪山。」

「這樣啊？」

意想不到的新情報，讓櫃檯小姐眨了眨眼睛。

「我都不知道。原來是這麼回事……」

「只不過關於在雪山做什麼，他就不太肯說了。」

任誰都有不想提起的事。

畢竟他沉默寡言，這雖然令牧牛妹有些落寞，但也覺得這樣就好。

——畢竟我自己也有事情沒告訴他嘛。

櫃檯小姐說聲「來」，交還收貨單，她隨即把此刻的心情與收貨單，一起收進了自己豐滿的胸中。

「嗚呃，冷死我啦！已經不是冷，是痛了啊。就算對手只會用打擊類攻擊也很難搞啊。」

「畢竟，是冰霜、巨人的……後裔，嘛。」

「這一戰還真的既艱苦又漫長耶。」

這時公會的門打開，兩名面熟的冒險者隨著寒氣一起走了進來。

是把長槍扛在肩上的美男子，以及豐滿肢體上穿著貼身裝束的魔女，所組成的二人組。

他在入口處拍掉雪，整理好頭髮後，意氣風發地走向櫃檯。

「……真是的，每次都比他先回來。雖然平安回來的確是再好不過啦。」

眼看櫃檯小姐嘆著氣，把笑容貼到臉上，牧牛妹緩緩起身。

「那麼，妳工作加油囉。」

「好的，我會努力——再說我也不是討厭他喔。」

只是有點不知該怎麼應付。聽到櫃檯小姐這麼說，牧牛妹對她露出笑容。

「不過，我想應該用不著擔心喔？」

「擔心什麼？」

「因為我覺得，他會趕在過年的節慶前回來的。」

——一定會。

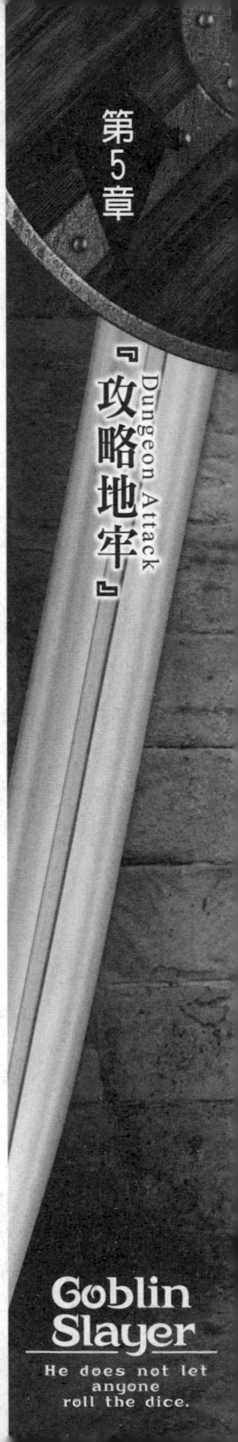
Goblin Slayer
He does not let anyone roll the dice.

第5章 『攻略地牢』

Dungeon Attack

「我怎麼想都不～服～氣！」

「啊、啊哈哈哈哈哈……」

翌日早晨，沿著山路行進的妖精弓手，被關進木頭做的牢籠裡。

在一旁露出僵硬笑容的女神官，身上也只有一件襤褸的衣衫。

妖精弓手忿忿地讓一雙長耳朵上下彈跳，抓住木條用力搖動。

搭配上方以一根木條貫穿以便扛著行走的牢籠，相信可說是把俘虜演得很活。

「為什麼我們要被當成戰利品!?」

「我和其他人哪能演戰利品啊？」

問題就在於和演技無關的層面上，哥布林殺手這個人全無商量餘地。

他平常那件骯髒的皮甲上，還塗上黑色的塗料，顯得詭異無比。

看這身打扮，就算說他是幾小時前才從墓園復甦的死靈士兵，多半也會令人相信。

「喔喔喔，糊塗的女冒險者在吵鬧啊。大師，我看這時候就該給她點教訓……」

「呵呵呵，她很快就會淪為供奉給智慧之外神的祭品，隨她去鬧吧。」

扛著橫槓前端的邪惡礦人，與走在前面的邪龍高僧下流地相視而笑。

更不用說他們從準備服裝、用顏料在臉上與鱗片上描繪圖案的階段，就做得十分起勁。

妖精弓手咬牙沉吟，切換質疑的目標。

「我說妳啊，可以再生氣一點吧!?」

「這……我好像，已經習慣了……」

在牢籠角落抱著膝蓋的女神官，露出死心似的微笑。

她這麼一笑，搭配上秀氣的容貌，讓她也同樣成了幾可亂真的俘虜。

其演技堪稱優秀。只是她也並非在演戲，說起來這同樣是個問題。

「……」

相較之下，一句話都不說的，則是那位千金劍士。

她在牢籠角落抱著膝蓋，一直瞪著空無一物的虛空，動也不動。

但她白嫩的肌膚已經失去血色，原本玫瑰色的嘴唇，如今也成了堇菜色。

女神官朝她爬過去，輕輕依偎在她身旁。

「請問，妳會不會冷……」

「……不會。」

她的回答簡短而單純。

本來女神官在這種情形下應該會退縮，卻流露出嘻嘻幾聲輕笑。

——總比「嗯」、「是嗎」、「是嗎？」「也對」要好，嗯。

只要回想剛認識時的他，這點冷漠根本不算什麼。

「我會冷，所以……讓我靠一下喔。」

「……隨便妳。」

她撇開臉去，女神官明知她看不見，還是朝她點點頭，同樣抱住了膝蓋。

雪地路途很漫長。

暴風雪中，牢籠被他們搖啊晃地搬運行進。

以徒步朝著聳立在雪山中的城堡行軍，這實在不是女性的腳力能夠輕鬆走完的行程。

——……這樣看來，之所以要我們演俘虜，其實是關心我們？

不擅言詞也該有個限度。

© Noboru Kannatuki

女神官輕輕摟住千金劍士的肩膀，有了這樣的念頭。

「嘿啾。」

她冷得打了一聲可愛的噴嚏。

接著立刻紅了臉，伸手去遮，但已經太遲了。

有著敏銳長耳朵的妖精弓手滿臉笑容，這也就罷了。

「——」

千金劍士睜大眼睛看得發愣，就令她十分尷尬。

「人、人家會冷嘛，有什麼辦法呢？」

「……也對。」

女神官確實看見千金劍士說這話時，嘴角微微鬆了。她在笑。

——嗚嗚嗚嗚……

女神官覺得「太棒了！」但若要說這是歪打正著，卻又太令人難為情。

「不過，我們穿這樣，還真有點冷呢。」

相較之下，妖精弓手的臉色就很差，長耳朵頻頻顫動。

「耳朵都快凍到斷掉了。」

「因為是雪山。」

哥布林殺手從牢籠外瞥了一眼，要礦人道士停下腳步。

從行李中拿出毯子鋪上去防寒，總是聊勝於無，然而……

「畢竟風很強啊。要怎麼辦呢，長鱗……啊我是說大師。」

「貧僧也是不穿厚重點就會冷得不太能動，因此實在……」

蜥蜴僧侶在平常的裝束上，又披上重得拖泥帶水的大衣，微微瞇起了眼睛。

「甚至有謠傳，可怕的龍就是因為寒冷而滅絕。」

「原來是祖先傳下來的弱點啊？那還真沒辦法……就用打火石弄個暖包唄。」

礦人從裝滿觸媒的袋子裡取出打火石，另外又拿出一、兩顆手掌大的石塊。

「『跳舞吧跳舞吧，火蜥蜴，把你尾巴的火焰分一點給我』。」

緊接著，他雙手手掌籠罩住的石頭，漸漸從內部發出淡淡的光芒。

「點火（Tinder）」消耗了一次法術。但話說回來，沒有人會責怪這是浪費。

「石頭不會燒起來，只會變溫……燙燙燙，這樣剛好。」

「……我倒是對這法術有很不好的回憶。」

妖精弓手忍不住護著腳這麼說，礦人便哼了一聲。

「要抱怨的話我可不給妳囉，來。」

礦人道士以熟練的手法，用布包住迅速溫熱起來的石頭，丟進牢籠裡。

先前一臉厭惡的妖精弓手見狀，也連連眨眼，然後乖乖撿了過去。

「哎呀，謝啦。你這礦人竟然還挺機靈的嘛。」

「謝、謝謝你……」

「…………」

三個人就有三種反應。礦人道士拍拍鼓起的肚子說這沒什麼，對妖精弓手嘆了口氣。

「妳要是再老實點就好啦。嚙切丸有什麼法寶嗎？」

「……也對。本來打算進城再拿出來。」

哥布林殺手說著，從雜物袋裡隨手抓起一把小小的物體。

女神官接過他朝牢籠扔來的這些東西，發現是幾枚嵌有藍色寶石的戒指。

「封有『呼吸（Breathing）』法術的戒指。」

哥布林殺手淡淡地說了。那是能維持呼吸的咒文。

要說有哪位施法者能夠玩這些花樣，女神官只想得到那位魔女。

雖然一想起魔女那肉感而豐滿的肢體，就覺得瘦弱的自己有點可悲。

「先不管別的，哥布林殺手先生，你說這是水中呼吸用的戒指……？」

女神官說完，恍然大悟地「啊啊」一聲，腦海中閃過以前在遺跡裡殺了巨魔的卷軸。

從海底把高壓水刀「傳送」過來的水攻。

「……所以你當然有準備這些，嗯。」

「撐不了太長時間。」哥布林殺手語氣尖銳地補充。

「不過在雪中，也多少可以緩和寒意對吧……」

「太棒啦！歐爾克博格真是的，既然有這種東西，就該早點拿出來啊！」

妖精弓手一拍手，滿臉喜色地搖動長耳朵，急急忙忙戴上戒指。

「嗯～！」從她這樣瞇起眼睛看來，能緩和寒冷這點似乎是真的。

仔細想想，水也和雪一樣……所以的確會有效果？

「如果只有戒指，倒也沒那麼有效，不過再加上礦人的石頭，真的會暖起來說。」

「呃，那、我也……」

女神官戰戰兢兢，客氣地跟著戴上了戒指。

緊接著，就像有一層膜貼上身體，讓寒意微微退去。

「啊」。她忍不住小聲驚呼。「這個，好厲害喔！」

「我就說吧？」

妖精弓手彷彿自己被稱讚似的，瞇起一隻眼睛自豪。

礦人道士聽了嗤之以鼻，她便噘起嘴脣反嗆：「怎樣啦？」

「真是的……」女神官嘆了口氣，頭湊向身旁千金劍士的臉孔。

她硬是把視線，牢牢對上了千金劍士那緊繃得有如冰雪般的雙眼。

「來，妳也戴上戒指吧？」

「……不用。」

她連連搖頭，帶動斷得頗為雜亂的金髮。

「……我不冷。」

「真是的，就愛逞強……」

女神官忽然想起幾位在神殿裡和她一起生活過的學妹。

也不知道怎麼回事，這些少女就是愛逞強，連冬天都只穿很單薄的衣服，流著鼻水堅稱不冷。

女神官輕輕牽起她的手，果然冷得幾乎令人凍僵。

「來，我幫妳戴上。」

「……我不……哈啾！」

她打了個噴嚏。

女神官忍不住瞪大眼睛，千金劍士就在她眼前用力撇開臉。

「……我不冷。」

「……好好好。」

女神官又如何壓抑得住笑意？

「就當作是這麼回事，我幫妳戴上戒指喔。」

「…………唔。」

女神官不容分說，拉起千金劍士的手戴上戒指。

三名少女的手指上，有著藍光閃閃搖曳。

「哼哼，這下妳也戒不掉這感覺了吧？」

連妖精弓手都落井下石地這麼說，說完嘻嘻一笑。

「……」

千金劍士始終一臉不悅的表情，不肯面向其他人，但她們三人仍一起圍住了暖爐石。

少女們手上都戴著同款的藍色戒指。雖說效果只能短時間維持，物體本身卻會留下。

「好啦，妳們幾個小丫頭，差不多該安靜點囉。裝出緊張的樣子來。」

這時礦人道士像是要終結這種氛圍似的，敲了敲牢籠。

「喂，礦人，你就不會顧慮一下氣氛嗎？」

「蠢材，妳們才應該察言觀色吧，長耳丫頭。哪裡有奴隸會這樣傻笑？」

被他這麼一說，的確無法反駁。妖精弓手噘起嘴，不再說話。

「麻煩領路。」哥布林殺手說了。「我在黑夜中看不見。」

但若點起火把，以混沌勢力而言又太奇特。

哥布林殺手扛著牢籠的挑棍，跟到蜥蜴僧侶身後。

「包在貧僧身上。我彷徨的騎士啊，好好跟上了。」

蜥蜴僧侶喉頭咕嚕作響地笑道，踩著莊嚴肅穆的腳步往前進。

抹成一片全白的視野前方，黝黑的大門已經近在眼前。

§

「來人！」

蜥蜴僧侶的大音量，不輸給風雪咻咻吹過的聲響，迴盪在四周。

實實在在是龍的咆哮（Dragon Roar）。相信不會有人漏聽。

「貧僧乃智慧之外神，綠月之眼的僧正！同胞啊，速速開門！」

不愧是老本行的神職人員，而且還是累積了該有的修為、一路升上銀等級的人物。

他堂堂正正的態度，確實會讓人覺得無論屬於什麼宗派，都應該具有相當的地位。

回音的尾聲漸漸消失在風雪後頭，礦人道士用手肘頂了頂哥布林殺手。

「你不覺得這角色給他演根本天造地設嗎？喏？這擔子要是叫那丫頭來扛，可就太沉重了。」

「啊啊。」

「不過如果是扮邪神巫女，做起衣服來也挺有趣就是了。弄些輕飄飄的薄紗。」

「是嗎。」

「怎麼，前陣子的慶典上，你不就誇獎過嗎？你不想讓她穿嗎？」

「沒興趣。」

兩人面向大門，維持擔任蜥蜴僧侶隨從的態勢，迅速交換意見。

「……嚙切丸啊，這所謂小鬼的聖騎士，很強嗎？」

「不知道。」他小聲回答。「但，最好當作在我們之上。」

「不論事實如何，這樣打算才保險……是嗎？」

「對。」

「也是啦，假如以為對方是傻子，結果卻被倒整一把，那我們才真的成了大傻瓜。」

哥布林雖然笨，卻不傻。

哥布林殺手始終以此為信條，默默對礦人道士點了點頭。

「……唔。」

但蜥蜴僧侶的吶喊並未得到回應。

城門依然緊閉，唯一回答他的就是雪精靈呼嘯而過的咻咻聲。

蜥蜴僧侶心想既然如此，我也自有打算，手伸進色彩繽紛得令人驚懼的僧袍之中。

而他取出並舉起的，是一塊由礦人道士仿造那塊烙鐵所刻成的木雕眼睛。

「我以智慧之外神的碧眼做為擔保！同胞啊，共享智慧的道友啊，速速開門！」

結果這次有了反應。

緊閉得沒有一絲縫隙的城門，開出了一道門縫。

緊接著，伴隨一陣用鐵鍊拉動滑輪的聲響，城門咿呀作響地動了。

哥布林殺手注視門的動向。

到底要有多少隻小鬼從事這項工作，才拉得動這大門呢？

無論如何，敵人的戰力很多。實在是，愈想愈有趣了。

「……請問，不要緊……吧？」

忽然聽到背後傳來細小的說話聲，哥布林殺手在頭盔下轉動視線。

牢籠裡的女神官微微顯得害怕，目光飄動地仰望著他。

「譬如說，我們會不會，那個……突然就被丟進地牢……」

「應該會。」

哥布林殺手點了點頭，但礙於小鬼們的視線，他點頭的動作也就非常小。

「總比上祭壇當活祭品好。」

「……是這樣嗎？」

「對。」

「……你會來，救我們吧。」

「我是這麼打算。」

女神官開口想說些什麼，但立刻又閉上了嘴。

她鬆了一口氣，死了心似的表情轉為和緩。

「那就好。」

說著女神官輕輕呼氣。即使有魔法的保護，氣息還是轉眼間就會變白。

「不用擔心」、「包在我身上」、「我不會讓小鬼碰妳一根汗毛」。

這些女生聽了會開心的話，他一次都不曾說過。

只是話說回來，如果他對誰都這麼親切，那就只是穿著同樣裝備的另一個人了。

——這個人真的讓人沒轍。

女神官莫名地笑逐顏開，立刻又強行繃緊臉頰。

因為她感覺到身旁的千金劍士，也不知是出於緊張還是恐懼，身體變得僵硬。

「不用擔心的……哥布林殺手，還有大家，都在。」

妖精弓手長耳朵一震，尖銳地說道：

「來了。」

「GROOOBR！」

與敞開的大門相比，身軀十分瘦小。喊聲也遠比蜥蜴僧侶的大音量要小。

出現的是隻拖著襤褸僧袍衣襬行走的小鬼。

想來牠自以為裝出了滿滿的威嚴，沉重而不受控的步調卻十分滑稽……

正因如此，更像個會出現在劇畫中的高傲司祭，反而令人渾身不自在。

「GORARO！GORBB！」

這名小鬼在蜥蜴僧侶身前耀武揚威，一雙手胡亂揮動，尖聲嚷嚷。

至於蜥蜴僧侶，只見他手仍高舉聖符，嚴肅地連連點頭稱是。

哥布林殺手與礦人道士則堅守隨從本分，低頭不語。

「……牠在說什麼？」

「誰知道呢……」

聽妖精弓手輕聲問起，女神官含糊地搖了搖頭。她當然不可能聽得懂小鬼語。

「……牠就是，小鬼聖騎士（Goblin Paladin）、嗎？」

「看上去不太像騎士，比較像司祭吧。」

「……不。」

聽見兩人輕聲交談，千金劍士有氣無力地說了這句話。

「……牠，不是那傢伙。」

女神官看得確切，在她眼中燃起了熊熊的怒火。

——啊啊，原來。

只要仔細想想，那隻小鬼的僧袍是從哪弄來的，豈不再明白不過了嗎？

「……不用擔心。」

說著她抱住了千金劍士。雖然不知道自己的心意究竟傳達出多少。

時候到了。

「那麼，能否麻煩您領我等去見聖騎士大人？」

「GORA！GORARARU！」

「啊啊，此乃我手下兩名忠僕，以及帶來的貢品。」

蜥蜴僧侶用誇張的手勢指向牢籠，非常有模有樣。

「我等逮到了幾個讓人火大的女冒險者。其中一人，身上烙有祭品的聖符。」

「ORRRG！GAROOM！」

「啊啊，甚是，甚是。那麼，為了不讓她們逃走，得押進監牢，切斷手腳才行啊。」

小鬼司祭用模仿蜥蜴僧侶的滑稽手勢招了招手，引一行人進城門。

當然蜥蜴僧侶也不懂小鬼語。

因為哥布林說的話，大抵都是些小孩子胡亂嚷嚷的叫聲，意思也大同小異。

我要那個。這個給我。是他幹的。是他不好。

那麼該怎麼辦呢？——答案就是靠他尖銳的舌頭在嘴裡念出的祈禱。

「『冠上大地之名的馬普龍啊，還請讓我等暫且加入群體』。」

這是「念話（Communicate）」的神蹟。

借用據說會群體狩獵的一尊父祖龍之力，實現彼此間的溝通。

『如果不是雙方都有對話的意志，就不會管用。在傳教時倒是很能派上用場。』

昨晚，酒館的圓桌旁，蜥蜴僧侶在做著針線活的礦人道士身旁說道。

『看來遲早得學會小鬼語才行。』

哥布林殺手卻正經八百地這麼回答……

「呼咿～總算勉強過關啦……」

「還只是過了門，別鬆懈。」

「我知道，我知道。」

哥布林殺手瞥了鬆口氣的礦人道士一眼，然後環顧四周。

是哥布林。

古城的中庭。過往這座白堊廣場會湧出泉水，也用於設宴禮賓。

然而泉水枯竭、冰雪深鎖，庭園失去草木，騎士的身影也消逝已久。

如今已然遭小鬼據地遊樂，淪為滿是血漬與穢物的垃圾堆置場。

「……這可是神代的，礦人精雕細琢出來的建築耶？竟然搞成這樣……」

妖精弓手熱愛冒險與未知，會不由得苦澀地說出這樣的話，也不難想見。

「不懂價值，真的很可怕啊……」

「……可是，數目好多……」

女神官用力咬緊嘴唇，想按捺住嗓音的顫抖。

「……得想想辦法才行……」

然而這些小鬼只把她們當成可憐的祭品，算是不幸中的大幸。

因為牠們知道，無論她們多麼傲慢、吵鬧，很快就會醜陋地哭喊求饒。

哥布林的數目，不是十幾二十隻。

這些小鬼的烏合之眾，舉凡庭院裡、城牆上、哨塔、縫隙間，無所不在。

每一隻小鬼都佩帶簡陋——對小鬼來說算是高級——的裝備，瞪著他們。

那是一種摻雜了好奇、好色等情緒，貪婪且令人不寒而慄的眼神。

如果只是野獸，沒有知性的**飛禽走獸**的視線，那還算好。

但這種充滿惡意與欲望的目光，絕非野生動物會有。

「……！」

女神官不知不覺中，像是要從牠們的目光下遮住千金劍士一般，往抱住她的手上加注了力道。

她透過經驗，知道這樣反而會讓那些小鬼更亢奮，但也無可奈何。

「……」

其間，哥布林殺手從頭盔下，仔細查看四周。

地形、構造。如果不把這一切全都灌輸進腦子裡，十之八九，會被圍逼進死路而戰死。

死也就罷了，他不能放著這一大群哥布林不管。

「GORARA。」

「唔。好，我們跟上吧。牠說這邊走。」

「好唷，大師。聽到沒？我們走囉，穿鎧甲的。」

小鬼的引導，蜥蜴僧侶的指揮。

再加上礦人道士的催促下，哥布林殺手扛著橫槓的手上加注了力道。

穿過有許多哥布林聚集的走廊，走下被腐敗的穢物汁液弄得滑溜的階梯。

一行人的腳步聲，迴盪在石造的地下室當中。

這裡昏暗又潮溼，籠罩著一種難以言喻的臭氣。

無論如何都不可能是糧倉。食物又如何會需要牢籠呢？

這裡是所謂的地牢（Dungeon）。

由礦人打造的牢房、門鎖與鐵鍊，極其頑強而美麗，已經無須多加形容。
過往這些鐵鍊繫住的，應該是混沌的怪物，或是威脅城內安全的惡徒之流。
但到了由小鬼主宰的現在，這裡則是一群可悲少女的最終去處。
既然繫著的是顯然看得出是屍首且快要腐敗的物體，或是已經奄奄一息的少女……
「……！」
千金劍士咬牙低吼。
女神官確切感受到懷裡的她全身僵硬起來。
「ORAGARR。」
小鬼在生鏽的鎖上忙了一陣，打開了牢房的門。
石板沾著一層黏答答的不明髒汙，鎖頭帶著紅鏽。
雖說地下總比地上要來得好，但空氣仍極為冰冷，還摻著腐敗的臭氣。
大小便用的坑洞已經塞住，不但滿是穢物，還被胡亂塞進人類的手臂。
妖精弓手「嘔」的作嘔聲，聽來格外響亮。
森人(Elf)敏銳的感覺自不用提……
凡人(Hume)即使眼睛看不見，臭氣與各種聲息，在在都是喚醒女神官記憶的體驗。

女神官喉嚨發出咻一聲笛子般的乾澀聲響，倒抽一口氣。

她是習慣了──事實如何不清楚，但她希望如此──話雖這麼說，但……

「……！」

還是會忍不住回想起她的第一次冒險。

在眼前被撕扯得不成人形的劍士；中了毒，最後由他了斷的魔法師。

以及，被大群小鬼淹沒、飽受凌辱的格鬥家。

自己的替死鬼。自己是靠著他與她們的犧牲而活下來的。活是活著，不過……

會不會有那麼一天，也輪到自己？

──不會有事，不會有事……不會有事的。

她試著壓住牙關的顫抖，口中念誦地母神名號，朝**他**瞥了一眼。

本想看去。

「GAROU！」

「嗚、啊……！」

頭髮卻被用力地一把抓住，發出尖叫。

是小鬼僧侶從牢籠外伸手進來，以極其無禮的粗魯動作，攫住她的頭髮。

「ORAGARAO！」

打開牢籠，把這小丫頭關進牢房。

無論是要獻給什麼樣的神，看來她就是第一個。

礦人道士與哥布林殺手交換視線，點了點頭，放下牢籠。

蜥蜴僧侶嚴肅地說道：

「那麼，我等照辦。但若是要享用貢品，還是先請聖騎士大人……」

說著他們解開牢籠的鎖具……

「哇啊啊啊啊啊啊啊啊！！！」

千金劍士做出了他們意想不到的舉動。

她強行從牢籠跳出去，伸出手，一把掐住了欺凌女神官取樂的小鬼僧侶咽喉。

「ＯＧＡ……!?」

「嗚啊、啊啊啊！啊啊啊啊啊！」

她發出野獸般的咆哮，利用體格優勢，整個人朝哥布林撞了上去。

「ＧＯＲＡＲＡ……!?」

「呀!?」

小鬼僧侶陷入半狂亂狀態，從腰間拔出石器小刀胡亂揮舞，刀刃從女神官臉上掠過。

她一邊感覺臉頰上拉出一條淡淡的紅色血線，一邊退開，千金劍士隨即擊落了小刀。

「ORAGAGAGA！？！？！」

「哥布林……哥布林！哥布林！！！」

她順勢騎到小鬼身上，揮拳就打。

每當小鬼僧侶叫嚷著揮舞手腳，千金劍士雪白的肌膚上就多出紅腫。

但她完全不當一回事。

「啊啊啊啊！去死，給我去死啊！」

擊碎鼻子、打爛眼睛、打斷牙齒、重擊臉頰。

「GARAO!?」

即使這些哥布林再笨，也不可能這樣還沒發現有異。

看守地牢——就職務之便享用俘虜——的小鬼發出了叫聲。

而這個負責看守的哥布林，採取了很有哥布林作風的行動。

牠不挺身對抗，而是開始跑上階梯，想去呼叫外面的同伴。

「……嘖！」

哥布林殺手啐了一聲。他的動作迅速而精準。

他一放下鬆手的牢籠橫槓——無視妖精弓手的抗議——立刻拔起腰間的劍擲出。

劍刃無聲無息地從空中飛過，埋進爬上樓梯的哥布林後腦勺。

「ORAG!?」

小鬼連發生了什麼事都不知道，就痙攣著從樓梯摔下，他則直線撲了上去。

「哼。」

扭轉劍刃，粉碎脊髓，確實要了牠的命之後，拔出劍的同時將屍體踢開。

哥布林的屍骨從樓梯滾落，倒在穢物堆中漸漸沉默。這樣就可以藏起屍體。

但哥布林殺手毫不鬆懈，從樓梯與地面的界線，窺看外頭的情形。

「GORA?」

果然不出所料。

一隻哨兵注意到了樓梯上的碰撞聲響，接近過來想查看情形。

哥布林殺手迅速重新握好劍，對同伴說道：

「被發現了，還有一隻會過來。」

「啊啊啊啊啊！啊啊啊啊啊啊！」

千金劍士仍對已經死去的小鬼僧侶揍個不停。

哪怕小鬼一口亂牙陷進拳頭而造成破皮，她也絲毫不放在心上。

轉眼間，她的雙拳就被紅黑色的血弄髒。

「請、請不要再打了！現在不是做這種事的、時候……啊、嗚!?」

女神官想拉住她，卻被揮開而坐倒在地。

單薄的屁股重重摔在冰冷的石板上，她忍著疼痛，仰望眾人。

「呃，要祈禱『沉默（Silence）』……嗎？」

「不，一點聲響都沒有應該也很奇怪。既然這樣，呃……」

礦人道士翻找裝滿觸媒的袋子，喃喃說著這個不對、那個不對。

「……沒辦法。」

哥布林殺手沉吟一聲，握劍的手加強力道。

即使解決正在接近的小鬼，多半也會把狀況弄得更糟。

就這麼和大群哥布林展開決戰？不，這樣未免太不利。

他迅速盤算的時候，先前一直不說話的蜥蜴僧侶尖銳地出聲了：

「獵兵小姐，趕快尖叫！」

「咦!?咦、啊，我、我來？」

妖精弓手正試圖阻止千金劍士，忽然被叫到，一雙長耳朵跳了起來。

蜥蜴僧侶不耐煩地用尾巴拍打地板，重說一次。他的口中已經流露怒氣。
「別問那麼多，快！沒時間了！」
「好、好啦。呃……尖叫是吧，尖叫。」
妖精弓手形狀漂亮的嘴脣深深吸一口氣，然後張開。
「咿、呀啊啊啊啊！不要啊啊啊啊啊啊啊！」
撼動喉嚨的堅毅嗓音，紡出撕裂絲絹般的尖叫聲。
森人的聲音很響亮，在地下迴盪，通過階梯，還微微傳到了地上。
「ＧＯＲＡＲＡ。」
啊啊，原來如此。哥布林似乎猜到意思，想像女子悽慘的模樣，停下腳步。
哥布林以猥瑣的表情，對站在樓梯上的哥布林殺手使了個眼色。
「ＧＯＲＡＲＵＲＵ？」
哥布林殺手聳聳肩膀，哥布林便下流地笑了，轉了轉手掌。
「晚點再來，是嗎。」
小鬼露出醜陋的笑容走遠，哥布林殺手瞪著牠的背。
他們大大浪費的時間，總算爭取回一些，萬萬不能再出錯。
照當初的計畫，是打算用請牠檢視貢品少女的名義，把城堡的主子叫來牢房。

他們認為如果要將小鬼聖騎士——假設真的存在——確實解決，最好的地點就在這裡。

「……也罷，算是不出所料。」

哥布林殺手淡淡地說完，關上門，上門栓，下了樓梯。

負責看守的哥布林屍體漂在穢物堆上，所以他毫不猶豫地踢上一腳，讓屍體沉進去。

「那隻哥布林也交過來。雖然只是亡羊補牢，還是得藏。」

回頭看去，千金劍士還在持續毆打死去的小鬼。

不知不覺間，擊打肉塊的沉重聲響，已經變成像是物體丟到水面上的啪唰聲。

「等一下，妳喔，給我差不多一……點啊！」

妖精弓手強行把千金劍士從屍體上架開。

她抓住她的肩膀，用上全身體重去拉。儘管森人力氣小，銀和白瓷的等級差異卻是天壤之別。

「我說妳！到底在想什麼啊!?我們事先不是說明過了嗎！」

千金劍士翻倒在被穢物弄溼的地上，以陰沉的眼神瞪著妖精弓手。

「……哥布林，非殺不可。」

「啊啊，真是夠了……！」

根本沒得談。見她一點都不覺得自己有錯，妖精弓手咬緊了嘴脣。

妖精弓手忿忿地亂搔一頭自豪的秀髮，長耳朵直直豎起。

凡人無法預測的行為，是妖精弓手很喜歡的特色。

對於歐爾克博格種種奇妙的行動，她抱怨之餘，卻也有所欣賞……

——雖然……不想，承認，但是！

眼前，眼前這個雙手染滿鮮血、不當一回事站在那兒的冒險者，這種行徑……

不一樣。

妖精弓手不明白是哪裡不同，但就是存在某種——決定性的差異。

「所以我才反對帶她來……」

「光是沒劈頭亂放法術，就該偷笑了……吧。」

礦人道士嘆了一口氣，搖了搖腰間的酒瓶。

啵的一聲響，他拉開瓶塞，喝了幾口酒。

再用袖口擦去鬍子上沾到的水珠，打了個嗝。要驅邪，用酒精正好。

「就算場面被搞亂，只能用手上有的牌玩下去，這點還是一樣啊。」

「總歸是權宜之策。比起任由她亂來，還不如留在身旁盯著。」

蜥蜴僧侶這句話說得若無其事，讓妖精弓手眼角揚起。

「……然後我們還要再被她拖累，弄得下場悽慘？」

她手扠腰，白眼瞪著千金劍士。

看到她也不擦去手上紅黑色髒汙，一副事不關己的模樣杵在那兒不動，妖精弓手又是一陣怒氣翻騰。

「請、請妳冷靜，冷靜下來……！現在不是，生氣的時候……！」

女神官察覺她的怒意，立刻攔到兩人之間……然而。

「最該生氣的就是妳！」

「呀!?」

妖精弓手迅速伸出手，摸了摸女神官的臉頰。

一陣發麻的痛楚，讓女神官不由得閉上眼。

即使哥布林的石器再怎麼簡陋，刀刃仍是刀刃。

她臉上劃出的這道紅線，緩緩滲出血來。

「她鬧事的時候，不就害妳一起受到哥布林的反擊嗎！」

女神官眼睛微微顫動，用小小的手按住臉頰……

「我……不要緊的。」

她猶豫到最後，選擇的表情是微笑。表示這點小傷不算什麼。
看到她堅強的模樣，妖精弓手更是怒不可遏。
「妳都受傷了，哪裡不要緊……！」
沒錯，至少——至少這個冒險者，應該對女神官道歉。
千金劍士呆呆站在原地，妖精弓手正打算上前揪住她……
「冷靜點。」
「歐爾克博格……！」
就被突然從旁竄出的髒汙鐵盔擋住。
妖精弓手狠狠瞪著他，眼角微微噙著淚水。
是亢奮的情緒使然。並非有人叫她冷靜，就能冷靜得下來。
「可是！既然她說要跟，就……！」
妖精弓手鬧情緒似的指著千金劍士，扯起嗓子想表達自己的不滿。
「我叫妳冷靜。」
但哥布林殺手說著搖了搖頭。
他將被打死的小鬼連著僧袍一把抓起，扔進穢物堆裡。
一聲骯髒的聲響後，這具屍體也沉入排泄物之中。

哥布林殺手將視線從喘著大氣的妖精弓手身上移開。

「喂。」

「啊、好、好的！」女神官趕緊挺直了腰桿。

哥布林殺手敲了敲自己頭盔的護頰部分。

「處理完自己的傷，幫她治療。不然手會爛掉。」

一瞬間的沉默。沉吟般的餘音。像是猶豫該不該說，最後——

「也會，留下疤痕。」

「……好的。用藥水（Potion）……？」

「從藥草用起。」

他這麼一說，女神官就點頭回答：「好的！」跑向千金劍士身旁。

防止化膿與止痛的藥草，雖然不像藥水會立即見效，仍然非常可靠。

女神官嘿咻一聲，確定藥膏已經貼到臉頰上，他見狀點了點頭。

「麻煩你，檢查俘虜中有無生還者。」

「來囉。」

接著被吩咐到的礦人道士，又喝了一口酒之後出聲允應，顯得默契十足。

「長鱗片的，跟我一起來。憑我一個人，連要把人抬出來都很吃力。」

「哈哈哈哈，畢竟施法者普遍就是手無縛雞之力吶。」

貧嘴、說笑。對牢獄中陰沉氣氛的一種抗拒。

蜥蜴僧侶伸出舌頭舔了舔鼻尖，轉身面向哥布林殺手。

「萬一有傷患，能幫他們治療嗎？」

「神蹟要省下來。」哥布林殺手說道。「俘虜終究成不了戰力。」

「明白、明白。」

蜥蜴僧侶以奇妙的手勢合掌。

「不難理解獵兵小姐的心情，但這事應該晚點再談。」

臨去之際悄悄說出的這句話，確實送進了森人耳裡。

「……這不是一句沒辦法就能了事的吧？」

妖精弓手鼓起臉頰，哥布林殺手在她面前雙手抱胸，默默思索。

他所掛心的是——小鬼僧侶這種預料外的狀況固然也令他掛心——俘虜。

村莊應該沒有女子被活捉。

如此一來，就得當成是哥布林從那座寒村以外的各地綁架女子，一路送到這裡。

「……」

從各地綁架？哥布林殺手對自己的這個念頭，忿忿地沉吟起來。

哥布林——有辦法？——讓俘虜在雪地中走到這？

哥布林活動範圍這麼大？

在所謂小鬼聖騎士的帶領下？

「……不痛快啊。」

「……我也是好嗎。」

哥布林殺手自言自語，妖精弓手鬧彆扭地應聲。

「為什麼帶她來？」

她毫不掩飾自己的不高興，搖動一雙長耳朵，白眼瞪著他的鐵盔。

雖然他還是老樣子，表情被鐵盔遮住。

「因為有必要。」哥布林殺手淡淡地回答。

「必要？」妖精弓手嘲諷地哼了一聲。「你怎麼不乾脆打她一頓屁股？」

「無論如何，不殺出活路就回不去。」

「況且」他又補上一句。一如往常，平淡地說道：

「這是剿滅哥布林。一展開行動，不是贏就是輸。」

「我不是，在跟你談、這種事……！」

「……我知道。」

可是。

「我想我知道。」

他的聲音難得顯得疲憊。

「…………」

讓妖精弓手不由得啞口無言。

歐爾克博格？只動嘴唇，不出聲的呼喚。

想來並非是聽到這句呼喚，但他緩緩吸氣，吐氣。

「我去把風。等俘虜清點和治療完畢，就換好裝備。」

「……在這裡？」

「對。」

「…………」

「妳現在這模樣，不會有戰力。」

滿是穢物、腐臭與屍體的這地牢裡。

妖精弓手「啊啊」一聲嘆氣，忍著頭痛似的用手指按住眉心。

「我再問一次，要我在這裡？」

「對。」

「換衣服？」

「對。」

——啊啊，真是夠了。歐爾克博格果然和平常一樣嘛。

「我說你喔。」妖精弓手嘆了一口氣。「森人有所謂的格調——……」

「會在意的話，就拿個毛毯什麼的來遮吧。」

「哇、噗!?……唔，夠了！」

他一把抓起掛在柵欄上的毯子，扔到妖精弓手頭上，讓她發出驚呼。

生氣的表情一瞬間垮了，即使趕緊想假裝，仍為時已晚。

哥布林殺手已經轉過身去，妖精弓手不情願地披上毛毯。

她先把毛毯牢牢綁在脖子上，然後在裡頭摸索著換衣服。這是多麼狼狽？

她脫下受擄冒險者模樣的破爛衣衫一扔，拿起平常穿的獵人裝束。

為了因應戰鬥而穿戴護具，背起弓箭。內衣褲……就算了吧。反正她也不知道穿這些要做什麼。

——啊啊，真是夠了，我到底在生什麼氣啊。

不像我。一點都不像我。連氣都懶得生了。

——奇怪？

妖精弓手一邊扭轉身體，檢查裝備是否穿戴妥當，一邊卻歪頭納悶起來。

即使被歐爾克博格牽著走，卻莫名地不會湧起怒氣。

雖然也有一部分是因為已經習慣。

——倘若如此，即使被她牽著走，應該同樣不會生氣才對。

「嗯嗯……」

面對這未知的難題，妖精弓手忙碌地動起一對長耳朵思索。

——這也就是說，她和歐爾克博格，果然不一樣。

是什麼不一樣？哪裡不一樣？

各式各樣的念頭，在腦海中轉個不停。

她想不出答案，但想到的一個字眼，卻是他們兩人之間的共通點。

——哥布林。

哥布林、哥布林、哥布林、哥布林、哥布林、哥布林！

有如詛咒般揮之不去的這個字眼，讓妖精弓手全身一顫。

「啊啊，真是，這樣不太妙啊……」

她雙手在臉頰上一拍，用力揉揉眼角。心情並未開朗起來。

心情不開朗。

答案想不出來。

狀況糟糕透頂。

啊啊，可是。

「……該做的事情只有一件，對吧。」

妖精弓手「嗚嗚」一聲，甩動長耳朵，把頭探出毛毯。

哥布林殺手毫不鬆懈地舉著武器，看守樓上的門。

妖精弓手對他的背影輕聲說道：

「……對不起，歐爾克博格。」

她一度開口，舌頭卻遲疑起來。她找好要說的話，又補了一句：

「我有點，氣昏頭了。」

「總是會有這種事。」

哥布林殺手不轉身，簡短地說了。

「妳會、她會，我也會。」

他的話一如往常的平淡，甚至令人覺得冰冷。

妖精弓手不由得笑逐顏開。

「歐爾克博格也會？」

「對。」

「看不出來呢。」

「是嗎？」

「是呀。」

「是嗎。」

哥布林殺手不怎麼感興趣似的應了一句，轉動頭部。

一瞬間的停頓。妖精弓手回想起以前女神官說過的話。

他思考事情的時候，有話想說的時候，就是會沉默。

「如果妳覺得」他有一句沒一句地開口。「對其他人也該說一聲的話。」

妖精弓手從毛毯伸出手搖了搖。不用。

「嗯，我會自己去說……謝了。」

就在掀開整件毛毯的剎那間。

妖精弓手趁著自己的臉也被遮住，嘴角微微鬆開。

「歐爾克博格，沒想到你意外有在顧慮大家嘛。」

「……是嗎。」哥布林殺手低聲沉吟。「快弄一弄。還得讓其他人也更衣。」

「好好好。」

雖然看不見，但妖精弓手隱約猜得到他現在臉上有著什麼樣的表情。

這樣，就夠了。

§

「……沒人。」

「好。」

從門縫間伸出長耳朵的妖精弓手回報後，一行人迅速溜出地牢。

哥布林那令人作嘔的獸味，聞起來絕不好受。

石造的城內狀況也是大同小異，但總比地牢要好，讓女神官重重呼出一口氣。

「把她們留在裡面……真的妥當嗎？」

「總比拖著一大群人胡亂奔走要好吧。」

蜥蜴僧侶從隊伍的最尾端，回答女神官的話。

所幸，又或者該說不幸的是，這些衰弱到極點的俘虜少女當中，有幾個人還活著。

儘管明白承諾會帶她們逃出去，但蜥蜴僧侶說得沒錯，要領著她們在城內移動，風險實在太大。

只不過，雖說神蹟與時間對他們一行人來說都彌足珍貴，卻連治療都不進行，實在太……

「……得盡快趕回來救她們才行呢。」

「可是現階段，咱們就是沒這餘力啊。」

女神官的心還留在背後，礦人道士一邊查看石牆的情形，一邊小聲回答。

為整個團隊領路的，是礦人道士。

這些石牆蓋得毫無縫隙，出自作風剛毅樸實的礦人之手。

既然如此，工匠(Craftman)的功力就比獵兵更有用。

偵察交給妖精弓手，領路則由礦人道士負責。一行人就以這樣的安排，重新組成隊形。

「那麼，嚙切丸，你打算去哪？主城嗎？」

「不。」被問到的哥布林殺手搖搖頭。

「要打割喉戰還太早。」

「……！」

聽到他平淡說出的這句話，千金劍士渾身一震。

為了避免先前的情形再度發生，現在她待在從最尾端算來的第二排，與女神官並肩。

即便妖精弓手主動向她道歉，明白說了：「對不起！」她仍幾乎不開口。

「沒看過這種劍啊。能判斷出是上等貨色，材料是什麼？」

只有礦人道士這麼提問時，她才低聲答了一句：「……輕銀」。

「……用雷霆，鍛打紅色寶石，做出來的利刃。」

「輕銀、是嗎？不曾聽說過呢……可否讓我瞧瞧？」

她不回話，而是回以螯人般的拒絕視線，讓礦人道士聳了聳肩膀。

「唔。」哥布林殺手低聲沉吟。「首先，要去倉庫。」

「兵器庫？還是糧倉？」

「兩邊都要，但先去兵器庫。」

「好唷，這邊走。」

一行人就像成了影子，無聲無息地在堡壘中穿梭。

這支團隊本來就沒有人穿著活動起來會喀啷作響的重裝備。

真要算起來，穿戴金屬護甲的，就只有女神官與哥布林殺手兩人。

女神官只穿著偏薄的鍊甲，哥布林殺手也只有鍊甲加上皮甲的補強。

就只有內側縫上毛皮的長靴（Boots）所踏出的、小小的腳步聲，以及呼氣聲迴盪在走廊上。

冒險者們組成對列，順利地前進。

搜尋陷阱、留意四周，對同伴用眼神溝通，卻又不緊張，不鬆懈。

畢竟在場的六個人之中，有四個人是第三階的銀等級。

從某種角度來說，他們能夠像呼吸一樣踏破迷宮，也是理所當然的。

「……要來了。」

妖精弓手耳朵一震，停下腳步。

她蹲下身，把箭搭上大弓拉緊。瞄準的是前方的轉角。

哥布林殺手默默手按腰間劍柄，來到礦人道士身前。

礦人道士退下來，手伸進觸媒袋，女神官握緊錫杖。

蜥蜴僧侶搖動尾巴，悠然窺看後方，身旁的千金劍士咬緊了牙關。

過了一會兒，兩個毫無戒心的腳步聲，從轉角另一頭接近。

「……！」

弓弦無聲無息地彈發。

妖精弓手的箭飛馳而去，貫穿哥布林的眼窩，就這麼將其中一隻釘在牆上。

「GROOAB!?」

想必是看見同胞突然黏到牆上吧，另一隻發出混亂的驚呼。

而牠尚未發現發生何事，下一秒喉嚨就插上了一把劍。

是哥布林殺手毫不遲疑擲出的劍。

「屍體得藏起來。」

「與其費這種工夫，乾脆別殺牠們，躲起來不就好了？」

「總比被發現，弄出戰鬥聲響而引來注意要好。」

他踩著大剌剌的腳步走過去，踏住屍體拔出劍與箭，將箭拋了過來。

「嘔」妖精弓手格外噁心似的接過箭，趕緊甩掉上頭的血。

若是野獸的血，她倒也不當一回事，但小鬼的血就只令她排斥。

「法術、神蹟還剩下幾次？」哥布林殺手環視眾人。

「呃……」女神官以白而細的手指按住嘴脣，仔細思索。

「我一次都還沒用，所以剩下三次……」

她屈指細數。途中用了「點火(Tinder)」，進城後用了「念話(Telepath)」。

「其他兩位各用了一次，所以還是三次，合起來有九次……」

「妳這樣數，可沒把那邊那個小丫頭算進去啊。」

礦人道士冷冷說完，用大拇指朝千金劍士一指。

她一副事不關己的模樣，遠離眾人的談話，一直瞪著小鬼的屍骨，這時小聲說道：

「……兩次。」

就這樣——？不是次數少，是話少。

女神官為難地皺起眉頭，但仍堅強地說：「謝謝妳回答。」

然而千金劍士只把臉撇開，看都不看她一眼。

「嗯嗯……」女神官小聲嘟囔。

這種模樣讓她想起以前待在神殿的一群見習少女，而且是其中特別令人費神的女孩。

「……總之，一共剩十一次，對吧。」

「唔。離精疲力盡還很遠，所以貧僧認為，多少用上幾次也無妨。」

「不。」哥布林殺手對蜥蜴僧侶的估算結果搖了搖頭。「是九次。」

「竟然。」蜥蜴僧侶連連眨眼。「難道說……」

「『閃電(Lightning)』那兩次，應該保留下來。」

千金劍士渾身一震。

一雙玻璃珠般剔透的眼眸，明確望向哥布林殺手身上。

她的聲音很細，低得不能再低。

「……殺得了，哥布林？」

「順利的話。」

千金劍士聽到哥布林殺手冷冷說出的這句話，緊盯著他那看不出表情的鐵盔。

過了一會兒，她微微點了點頭。

「只是話說回來，要達到這個目的，也得先想辦法收拾這些吧？」

妖精弓手對剩下的法術次數顯得並不放在心上，用箭尾輕輕戳了戳死去的小鬼屍骨。

這裡這麼冷，牠卻只在腰與雙腳纏上毛皮，武器也只有簡陋的標槍。沒什麼可搜刮的。

「妳有方法？」

哥布林殺手一邊翻找雜物袋，檢查自己的物品，一邊詢問。

「方法哪有這麼容易想。嗯～嗯～……啊！」

妖精弓手的長耳朵猛力一跳。

她以像是小孩子想到怎麼惡作劇時會有的表情，對礦人道士伸出手。

「礦人。給我酒。整瓶。」

「喔喔？」礦人道士嘲笑似的堆滿笑容。

「怎麼啦，長耳丫頭，要提神嗎？」

「別問那麼多，給我就對了。」

「好好好。這是我喝剩的，可別全乾了。」

「我才不會喝呢。」

她啵的一聲拔開瓶塞，鼻子湊過去嗅了嗅，濃厚的酒味讓她用力皺起眉頭。

「喝是不會喝。」她說完，整瓶往地上灑去。

「啊!?」

礦人道士發出像是面臨世界末日般的驚呼。

他沒大聲嚷嚷，相信已經是難得的理智。

矮小的個子高高跳起，揪住妖精弓手平坦的胸口衣襟。

「妳這鐵砧，看妳幹的好事……！」

「我不就說要你給我了嗎？這麼做是必要的，有什麼辦法呢？」

「必要？妳……還說沒辦法，妳！把我、把我的酒……！」

「不，幫了大忙。」

哥布林殺手早已展開行動。

他已經猜到妖精弓手的意圖，用破布擦去傷口滴出的血，將屍體靠在牆邊。

讓小鬼低頭以便遮掩傷口，朝小鬼脫手落地的槍踢了一腳，讓槍滾落在身旁。

「唔、唔唔唔唔……」

「哼哼。你聽他怎麼說？好啦，事後我會請你喝酒。」

妖精弓手聽完後心情大好，瞇起眼睛，把酒瓶放到哥布林身旁。

「啊……」女神官眨了眨眼，恍然點頭。

「畢竟，世上根本沒有正經的哥布林……是吧。」

「就是這麼回事。」

妖精弓手眨起一隻眼睛，喉頭發出哼笑聲。

乍看之下，是兩隻哥布林醉倒在地。血腥味被強烈的酒精掩蓋，聞不出來。

在巡邏途中喝酒打瞌睡，對哥布林而言是家常便飯。

「既然藏不住，那麼只要被發現時不會穿幫，就可以了吧？」

「就算是這樣，妳這傢伙、把我的酒……」

礦人道士依依不捨地咬著手指，看著石板上流開的一灘酒。

蜥蜴僧侶在他背上用力拍了一記。

「別在意，貧僧也請你喝酒。晚點我們就為獵兵小姐的機智乾杯吧。」

礦人道士唔了一聲，回頭隔著肩膀仰望過去，蜥蜴僧侶便轉了轉眼珠子。

「是不是啊，小鬼殺手兄？」

「嗯。」哥布林殺手被叫到，點了點頭。「酒錢，我也出吧。」

被眾人這麼一說，礦人道士也無法再鬧脾氣。

他咕呶呶呶呶地低吼了一陣子，重重嘆了口氣。

「嗚、唔……唔。也罷，既然長鱗片的還有嚙切丸都這麼說，那就算了……」

「唔。首先我們得加快腳步。兵器庫在哪兒呢？」

「……好。在這邊。」

礦人道士揮揮手，邁出腳步引領眾人前進。

妖精弓手得意地「哼哼」兩聲，與他並肩行走。

「長耳丫頭，妳這鐵砧！等回到酒館，我會讓妳請客請到哭！」

「好好好。我會讓礦人喝到滿意為止，別這麼生氣了啦。」

吵吵鬧鬧。看到兩人一如往常，感情融洽地鬥嘴，女神官發出嘻嘻幾聲輕笑。

——太好了。

因為剛才在地牢裡，就發生過爭執。

無論什麼時候，看著同伴的爭執，都不會令人舒服。所以。

——真的，太好了。

女神官由衷這麼認為，就地輕輕單膝跪下。

她將錫杖收攏在身前，像抓救命繩似的握住。蜥蜴僧侶看著她點點頭，意思是說他先走一步。

於是女神官一如往常地閉上眼睛。

「……妳在做什麼？」

忽然間一個從旁發出的、低沉而平靜的說話聲，打斷了祈禱。

「咦？啊，是、是的。」她心下一慌，維持原本的姿勢點頭。

「是在進行鎮魂祈禱……不過因為沒有時間，就只是簡單默禱一下。」

忽然間，千金劍士小小的手，牢牢抓住了她握住錫杖的手。

女神官疑惑地歪頭納悶，千金劍士卻斬釘截鐵地搖搖頭：

「……用不著。」

「咦？可是……」

不管是誰，死了以後都一樣。女神官尚未說出這句話，千金劍士就朝屍骨踢了一腳。

「……用不著。對這種、傢伙……！」

就在千金劍士又要吼叫起來的這一刻——

「要走了。」

聽見他一如往常，低沉、尖銳，粗魯、平淡的嗓音。

仔細一看，眾人都已經往堡壘內部前進，只有哥布林殺手留在那兒。

他說話之餘，不忘舉劍持盾，緩緩轉動鐵盔環顧四周。

——他……在等我們？

她不開口詢問。不，應該說連問都不必。

他總是在等她。這一年來，難道還不夠清楚嗎？

「……好的。馬上就好。」

女神官迅速——但並不馬虎——閉上眼睛，替死去的小鬼祈求冥福。

接著拍拍膝蓋站起，對千金劍士露出笑容。

「好了，我們走吧？」

「…………」

千金劍士撇開目光，踩著冷漠的腳步，逕自走向堡壘深處。

女神官換上覺得為難的笑容，搔搔臉頰，搖了搖頭。

「我是不是……被她討厭了？」

「不知道。」

哥布林殺手果斷地搖頭回應，鐵盔像在思索什麼似的一歪。

「妳想跟她交朋友？」

「嗯……」

被他這麼一問，女神官食指按在嘴唇上，低下頭去。

——應該說不能放著她不管……吧。大概。

雖然與她對眼前這名冒險者的心意相比，有些似是而非。

女神官露出花朵綻放般的笑容。

「……我想，大概是。」

「是嗎。」

他點了點頭。

「那麼，就儘管去做。」

哥布林殺手說完這句話，轉身背向她，邁出腳步。

女神官回答：「好的！」跟了上去。

昏暗的走廊前方，有同伴們正等著他們兩人。

兵器庫，已經近在眼前。

§

以哥布林的頭腦，總還知道要上鎖。

石造的迷宮中，有座厚重的鐵門聳立在這一區。

大概是憑小鬼的個子搆不著門把，門前還細心地放著踏臺。

「好啦，換手。」

「是是，交給我……不過這句話我也沒辦法說得自信滿滿啦。」

換下礦人道士，上前對付這扇門的，是妖精弓手。

她先從箭筒抽出木芽箭，輕輕擦過門的表面。

確定沒發生任何異狀之後，才把長耳朵輕貼上去，聽取室內動靜。

沒有任何東西在運作的聲響。

明明是這麼汙穢骯髒的小鬼拿來居住的巢穴，卻連一隻老鼠都沒有，說來實在驚人。

相信對哥布林來說，老鼠多半是不錯的點心。雖然不想去思考這種事，但也的確值得感謝。

「裡頭……大概什麼都沒有，我猜。」

「打開。」哥布林殺手堅決地說了。

「最壞的情形下，破門也無所謂。」

「也的確是最壞的情形沒錯啊。」

蜥蜴僧侶嚴肅地點點頭。

他以奇怪的手勢合掌，抓起一把做為觸媒的龍牙。

「要是被小鬼一擁而上，事情就麻煩了，所以貧僧等人還是警戒四周吧。」

「好唷。」

蜥蜴僧侶提議，礦人道士出聲附和，三名男性圍成一個圈，將女性護在中央。

妖精弓手蹲下去，從衣服取出鐵絲般細小的樹枝，往鑰匙孔中探。

動作雖纖細，卻有些生澀。

她本行是獵兵，絕非盜賊或斥候。

只是向在鎮上遇到的冒險者，學了些賭博手技、解除簡單的陷阱，以及開鎖的技法。

這些技法用來滿足自己的好奇心，是能大大派上用場，就不知道……

「很危險喔？」

她輕輕伸出舌頭，舔舔嘴唇，朝旁邊一瞥。

「待在我身邊，說不定會一起中陷阱。」

「可是，待在身邊，就可以馬上救治。」

女神官笑咪咪地微笑，在妖精弓手身旁，將她單薄的屁股坐到地上。

她雙手牢牢握住錫杖，是為了準備隨時進入祈禱的態勢。

「其實，要是我能祈禱『預知（Precognition）』或『幸運（Luck）』的神蹟就好了。」

擔心妖精弓手這個朋友，只是理由的一半。另一半，是出於自己的本事不夠。

「這也沒辦法啊。能得到什麼神蹟，不是全看天神決定嗎？」

妖精弓手試著安慰，但完全幫不上忙，仍舊令她覺得過意不去。

也不知是否猜到女神官內心的想法，只見她緊張得透出汗水，揚起嘴角：

「……果然還是需要專職的斥候呢。」

「嗯，可是，妳都會好好幫忙探查陷阱，還有開鎖……」

我們都很仰仗妳喔？聽女神官輕聲這麼說，妖精弓手害臊地搖動長耳朵。

好了，接下來得專心才行。

即使那些小鬼缺乏架設陷阱的知識，在神代建立堡壘的礦人可不一樣。
如果是從鑰匙孔噴出酸液，或是門把帶著強烈的高熱等等，都還算好的。
還有更可怕的，譬如她曾聽說有一種門，除非念出正規的咒語，否則只要是觸碰到門的人，記憶都會被消除。
即使並非那麼高度的陷阱，哥布林的惡毒仍舊罄竹難書，所以……
「……」
她視線瞥向之處，千金劍士正茫然杵在那兒，看向空中。
——她真的不要緊嗎？
不，不可能不要緊。她經歷了多麼慘烈的體驗，妖精弓手無從想像。
相信光是能維持理智，就已經很不錯了。
正因如此……
——啊啊，不可以再想了。專心專心。
妖精弓手嘴脣緊抿，把意識分配到往鑰匙孔內探查的指尖上。
過了一會兒，聽見有東西彈開的聲響，鎖喀啦一聲開了。
「……呼。開了。」
「幹得好。」

哥布林殺手的話精確而簡短。

妖精弓手得意地挺起平坦胸部哼哼兩聲的同時，他抬起腳，猛力踹開鐵門。

沒有反應。

「看來沒問題吶。」

蜥蜴僧侶以滑行般的步伐搶先踏進室內，哼了一聲。

為了避免受到潛伏在室內的怪物襲擊，破門而入是相對常用的手段。

「畢竟是我檢查過的，這當然囉。」

「妳喔，剛才明明就沒什麼自信。」

跟在得意洋洋的妖精弓手之後，一臉無奈的礦人道士也接著進去。

踹門後留在原地警戒通道的哥布林殺手，看了女神官一眼，點點頭：

「啊，需要光源吧？我來點。」

「麻煩妳。」

女神官俐落地從行李中取出火把，熟練地敲擊打火石。

小鬼的堡壘內。夜已經深了，四周呼嘯的風雪聲又大，星光也照不進來。

這些哥布林有夜視能力，所以不當一回事，但凡人就不能這樣了。

至少，若要檢查倉庫內的情形，期間需要有火光……

「好，點著了……」

「…………」

女神官拿著燒得火紅的火把，呼出一口氣，吹得火焰跟著躍動。

接著她轉過身，走向始終看著她的千金劍士。

「那麼，可以拜託妳嗎？」

「……？拜託我，什麼？」

忽然被要求，相信她根本沒想到是在說自己。

她不可思議地睜大眼睛，歪頭納悶，女神官便以開導般的語氣溫柔說下去：

「火把，拜託妳了。」

「…………」

火把遞了出去。女神官更直接抓起她的手，強行讓她握住火把。

眼前熊熊燃燒的火焰，令千金劍士瞬間全身一震。

女神官在她戰戰兢兢、環顧四周的身影上，看見了過去一名畏畏縮縮的少女。

「…………妳——」

女神官似乎想說些什麼，微微張開的嘴脣中流瀉出細微的聲響。

千金劍士看著用雙手牢牢握住的火把，以及火焰，眨了眨眼。

「……知道了。」

她只說了這句話，就匆匆忙忙跑進倉庫之中。

接著，通道再度被黑暗占據。

但卻莫名看得出，女神官正笑逐顏開。

哥布林殺手踩著一貫的大剌剌腳步，走到她身旁。

「……為什麼讓那女孩拿？」

「這只是我的猜想喔？」

他的口氣像在審問，但女神官的應答聲十分柔和。

她已經進步到只需要聽聲音，就知道他沒生氣。

「我是覺得，如果閒著沒事、沒人搭理，會很難受。」

「是嗎？」

──當然啦，雖然你凡事都有安排就是了。

雖然女神官並未把這個念頭說出口。

突然被丟進新的環境，旁人都手腳俐落地在活動。

自己不知道該做什麼才好，只能呆呆站著。

那種──那樣的感受，她自己也很能體會。

正因為她是在神殿長大的孤兒，是被拋棄的孩子。

「你都沒發現嗎？」

「發現什麼。」

「她拿到火把的時候，有點害羞。」

「……是嗎。」

哥布林殺手說了這麼一句話，女神官隨著他，也踏進倉庫。

她被一陣衝鼻的霉味與塵埃氣味弄得皺起眉頭，同時關上身後的門。

結果礦人道士立刻撲向門軸，打上木楔做手腳。

「平常照理是要弄成讓門一直開著。」

他一邊將木楔與小槌塞進裝觸媒的包包，一邊聳了聳肩膀。

「但這次要是被小鬼跑進來，事情就麻煩了。」

「只不過，這麼做萬一引來敵方大舉封門，貧僧等人一樣無路可逃啊。」

發出哈哈哈哈幾聲乾笑的，就不知究竟是蜥蜴僧侶還礦人道士。

「別說了啦。」妖精弓手皺起眉頭。女神官則表情僵硬地「啊哈哈」笑了幾聲。

不說話的則是哥布林殺手和千金劍士。

千金劍士緩緩舉起牢牢握住的火把。

搖曳的火焰，躍動的影子。哥布林殺手睥睨朦朧照出的兵器庫內部。
開口之餘，他就近找了個木桶，拿起隨手插進桶子的武器。
廉價，滿是泥土與鐵鏽，但經年使用的簡陋十字鎬。
仔細一看，還備有鏟子等挖土用的工具，雜亂地四處擺放。
「要說是兵器庫……」
「……不太符合啊。」
「我看是在挖洞吧？畢竟是哥布林。」
妖精弓手一副沒什麼興趣的模樣說道。相信她對兵器之類的東西根本不在乎。
反倒是耳朵高高豎起，看來是在警戒外頭的腳步聲。
「又或者，說不定是在採掘什麼東西。」
蜥蜴僧侶緩緩搖動尾巴，攪拌空氣，伸出手。
他撿起一把落在十字鎬之間的標槍，說了下去。
「若有所謂的小鬼聖騎士坐鎮，實在不覺得牠們會單純只是在擴大巢穴吶。」
「的確有可能喔。」
礦人道士苦澀地說完，看了看四周。
雖說被弄髒了，但這種將石塊精緻堆疊而成的堡壘結構，非旁人所能模仿。

「這是礦人的堡壘，總會有些礦脈吧。」

「但。」哥布林殺手沉吟起來。「那些哥布林會造劍嗎？」

挖了礦要做什麼？他得不出答案。

小鬼聖騎士——這尚未碰面的敵人陰影，彷彿已經重重壓在他們身上。

連哥布林殺手都得不出答案。

又有誰能理解——……

「……不管怎麼說。」

握緊錫杖的女神官道出的這句話，打破了這種氣氛。

一旦開口，就會激發讓人說下去的勇氣。

「不管怎麼說，既然這些哥布林有所圖謀，我們就不能放著不管吧。」

這句話語中蘊含決心。在場的冒險者們自然而然地全都點頭回應。

「這些工具，還有武器，也都得想辦法處理……」

「啊啊，那就交給貧僧吧。貧僧知道有個法術派得上用場。」

蜥蜴僧侶灑出手上的龍牙，用奇怪的手勢結印、合掌。

礦人道士見狀，小聲說了句這也沒辦法。

「……唔。喂，小丫頭。」

「……！——？」

致力於握緊火把的她，先是全身一震，然後看向礦人道士滿是鬍鬚的臉。

他捻著鬍鬚，微微沉吟，揚起下巴指向周遭的各種兵器。

「來幫一下忙。帶幾樣武器出去。」

礦人道士似乎早就相中，話剛說完，就已經從雜亂的工具堆裡抽出劍。

「畢竟嚙切丸武器用得很凶啊。再說妳也一樣，只有短劍總是沒搞頭吧？」

此時微微唔了一聲的，當然是哥布林殺手。

「我自認用得很適切。」

「……呵呵。」

他的聲調粗魯，聽起來像是在鬧彆扭，令女神官微微發出笑聲。

相對的，冷不防被下達指示的千金劍士，一瞬間瞪大了雙眼。

然而她一理解到指示的內容，立刻慌慌張張地開始收集兵器。

劍、槍、棍棒……都是哥布林的兵器。

但話說回來，她是個苗條的少女。

就算身為戰士，能拿的兵器數量總是有限。

況且……

「小鬼的胸甲塞不下的樣子啊。」

用撿來的護具，要裹住她豐滿的胸部，實在有些困難。

妖精弓手從旁湊過來看了看，哼的一聲，用冷淡的語氣說：

「硬塞進去不就好了嗎？」

「妳白痴啊。妳這個鐵砧大概不會懂，但不合身的護具反而有害好嗎。」

妖精弓手大吼：「什麼鐵砧啦！」但礦人道士不理會，盯著千金劍士打量。

魔法與劍技。

要能兼顧這兩者的輕裝。

武器目前是短劍，總不會是主武裝。

「這樣看來，得先從長劍之類的挑起……」

「……！」

聽到礦人道士這麼說，千金劍士表情僵硬，從他身前跳開。

「喔？」

「……要。」

細小的嗓音。礦人道士正歪頭納悶這丫頭怎麼了，她就狠狠瞪著他那滿是鬍鬚的臉。

「……武器……」

「……」

「武器……不需要……！」

這是一句甚至透出怒意，低聲的微弱拒絕。

一張原先幾乎面無表情的清秀臉孔，扭曲得十分猙獰。

「唔。」

礦人道士似乎傻了眼，連連眨眼，捻著鬍鬚。

隨後就像吃到美味菜色似的破顏一笑。

「是嗎是嗎？討厭兵器嗎？很好！這就是人與人來往的第一步！」

「………」

這次換千金劍士傻眼了。

礦人道士朝著頻頻眨眼的她，理所當然似的說下去：

「連自己想說的話都說不出來，那怎麼成？嗯？」

接著礦人道士喃喃自語，心想既然如此，至少搭上外套之類的裝備，於是在兵器庫裡大肆翻找。

雖說哥布林選的都是輕裝，但多半是掠奪來的。

即使有些髒汙，都還算經得起實用的貨色。

皮外套、加上鐵板補強過的護手。不行啊，至少頭部也要有塊護額……

「……？……!?」

千金劍士任他擺布，被迫披上各式各樣的外衣，弄得她眼花撩亂。

畢竟在評估武器護具這檔事上，再也沒有其他種族能出礦人之右。

轉眼間被套上裝備、又剝掉、換成別的，轉圈，再轉圈──

「真是的。這樣不行喔？不可以一下子弄那麼多東西啦……」

援手是由一副「真拿你沒轍」模樣的女神官伸出的。

她逞起大姊姊威風……嚴格說來，是刻意裝成這樣。

只見她手扠腰，豎起食指，嚴格卻溫和地又說了一次「這樣不行喔」。

「這下她可不是被你弄得一臉為難了嗎？」

「唔……」礦人道士沉吟一聲。把臉湊過去看著她，問：「妳很為難嗎？」

「…………」千金劍士的視線胡亂飄移了一會兒：「……。…………。…………

有一點。」

聽見她細小的回答聲，女神官一邊掩飾微笑，一邊指責礦人道士：「你看吧。」

「喔喔，抱歉抱歉。」

礦人道士也一樣拚命按捺笑意，只是微微流露了出來，倒也挺逗趣的。

他個子雖小，卻一邊巧妙地捆好收走的兵器，一邊瞥了一眼。

「不過呢，有話想說，就得更敢於說出口才行。像嚙切丸可厲害了。」

「那個怪人應該算是例外啦……對吧？」

這陣竊笑聲，來自已經根本不掩飾笑意的妖精弓手。

「歐爾克博格他呀，開口淨是『是嗎』、『對』、『哥布林』這幾句。」

她朝默默佇立在牆邊雙手抱胸的他掃過一眼，像貓似的瞇起眼睛。

女神官一邊說著這也沒辦法，一邊解釋：

「因為哥布林殺手先生就是哥布林殺手先生嘛。」

「……是嗎。」

這句話讓眾人再也忍不住了。

現在正在冒險途中，身邊充滿危險，這些他們都再清楚不過，但還是會忍不住笑出來，相信並非壞事。

倒也不是故意要學他平常說的話。

——如果嚴肅起來就打得贏，我會嚴肅個夠。

不過既然沒這回事，想也知道不時找機會放鬆一下心情會比較好——……

「貧僧也認為，小鬼殺手兄這點很不錯就是了。那麼——」

說著宣告這場暢談告一段落的，是蜥蜴僧侶「咻」一聲呼出的一口氣。

他用尾巴打在地上，環視眾人。

「差不多了吧？」

「哎，剩下的就算了。喂，長鱗片的，我好囉。」

「呣。」

於是他肅穆而充滿威嚴地點點頭，以奇妙的手勢合掌。

「『沉眠於白堊層的諸位父祖啊，請以諸位所背負的時光之沉重，帶走此物做為陪葬』。」

緊接著，灑在地上的龍牙觸媒，開始冒泡沸騰。

這麼一來，將會如何呢？

四處散落的武器，竟然從接觸到空氣的部分開始，轉眼生鏽、腐朽。

「嗚、哇啊……」

女神官也聽說過。

只不過這被視為邪惡的神蹟，不太有機會看到。

「這是——『腐蝕（Rust）』的祈禱嗎？」

「喔，原來神官小姐知道？」

聽她吃驚又興味盎然地問起，蜥蜴僧侶點頭回答「正是」。

「因為用『風化(Weathering)』，得花很多時間才會腐朽。」

「我還是第一次親眼見到……這個神蹟，對我們……？」

「不管用。況且這種祈禱，本來就不太能在戰鬥中派上用場。」

聽到這句話，女神官微微放下平坦胸中的大石。

因為聖袍底下所穿的輕薄款鍊甲，是她的寶貝。

——雖然我也明白這是消耗品。

「準備很花工夫，但這種時候可就十分能派上用場吶。」

蜥蜴僧侶一邊對女神官這麼解釋，一邊略顯自豪地搖動尾巴。

「好了，地牢的俘虜已經照看過，兵器也搶了。到這一步都按照計畫進行啊，小鬼殺手兄。」

「……嗯。」

哥布林殺手緩緩點頭。

他從雜物袋取出水袋，拔開塞子，從頭盔縫隙間喝了一口。

「但，別大意。之後會發生什麼事，沒人知道。」

聚集在這裡的冒險者，當然對此也都非常清楚。
畢竟支配諸神骰子的是命運還是偶然，至今仍未知曉，此乃世間常情。
正因為會發生意料之外的狀況，才叫作「冒險」。

第6章 『小鬼們的寶冠』

Goblin's Crown

像是生鏽喇叭吹出來的刺耳怪聲，響徹了整座城內。

那些小鬼靠著一股蠻勁往管子裡吹氣，所以就算刺耳，音量還是很大。

又或者對牠們而言，這種聲音聽起來雄壯威武。

他們撕開搶來的女人衣服，簡陋地搭配成五花八門的破布衣衫。

手上抱著用骨頭與皮製成的鼓，以乾澀的打擊聲打著拍子。

大批哥布林陸續往堡壘中庭集結。

「GRARAG！」

「GORRB！」

「GROOOB！」

這些哥布林噴得到處都是牠們骯髒的口水，舉起拳頭，大聲嚷嚷。

那滿溢興奮的吆喝聲，意念十分明白。

是怒吼、是憎恨、是怨恨、是嫉妒、是欲望。

對擁有牠們所未擁有事物的一切，所發出的咒罵。

換個角度來看，對這些哥布林而言，這也是一種讚頌英雄的歡呼。

對一肩背起牠們的願望，幫忙殺死糊塗凡人的人物所獻上的讚頌。

小鬼的連帶感特別強，相對的，卻又厭惡自己率先去做任何事。

因此牠們才會把一切，都交給薩滿或王之類的人物。

牠們自己只要開心地討到食物、酒、女人、兵器等亮晶晶的東西就夠了。

對於擁有牠們所沒有之事物的人，就拖出來大卸八塊。

自己不想死。同胞死了就會激憤，非得要對方付出代價不可。

相信在這些哥布林之間，這一切的行動原理都不會矛盾，能讓牠們彼此相連。

「GORARARARAUB!!!」

過了一會兒，一陣格外盛大的歡呼響起，一隻哥布林踩著充滿威嚴的腳步現身。

髒汙的鐵盔，覆蓋全身的拼接鐵鎧，身後還拖著扯下窗簾而成的深紅色大衣。

腰間配著一把閃亮的銀劍——這把劍在小鬼之中，甚至顯現出某種神聖。

「ORARAG!ORRUG!」

小鬼聖騎士。聽到他莊嚴的吶喊，哥布林一起跪下。

牠們整整齊齊地列隊低頭，就像分開大海似的，在廣場上開出了一條路。

小鬼聖騎士於是拖著大衣，堂堂正正地走上這條通道。

儘管腰間所佩的銀劍劍鞘，在石板上不斷撞出聲響，牠卻顯得完全不放在心上。

所向之處，有著收集破銅爛鐵與屍體堆成的一張大椅子。

牠下流扭曲的臉上，甚至更加透出了一股自豪。

那是無數凡人被劇畫化到了滑稽地步的模樣，徹頭徹尾的惡毒、惡劣。

§

「搞砸了啊。」

剛溜出兵器庫。

哥布林殺手從走廊望著中庭的光景，忿忿地丟下這句話。

「？為什麼嘛？如果牠就是敵人的頭目，只要從這裡射死他……」

「這也不成。剩下這一大群小鬼，沒人知道牠們會做出什麼事來。」

妖精弓手急性子，眼看就要把木芽箭搭上大弓，蜥蜴僧侶緩緩制止。

「但，不會只是因為這樣吧？小鬼殺手兄。」

「啊啊。」哥布林殺手點頭。他以碎念似的聲音沉聲說道：「看了還不懂？」

「……？是哥布林吧？」

「對。」

妖精弓手一頭霧水地垂下長耳朵，歪頭納悶。

但她完全看不出有哪裡「搞砸了」。

雖然多少出了些意外，仍然順利進行到了這一步，可是……

「那隻小鬼，會成為這堡壘的主人。」

「……？」

「那些哥布林在辦授勳典禮。」

「啊！」

忍不住驚呼的不是妖精弓手，而是女神官。

她趕緊按住自己的嘴，悄悄從走廊的縫隙間窺看中庭。

所幸這些哥布林似乎並未發現異狀。多虧了那些噪音似的演奏。

她輕撫平坦的胸口，正經八百地說出了答案：

「授動典禮，需要神職人員……」

正是如此。

若說這是那些小鬼對典禮的一種模仿，相信當然也會找來神職人員。

畢竟站在那兒的可是小鬼聖騎士。

是受到智慧之外神賜予神諭（Handout）的人物。

那麼，說到小鬼的神職人員……

「………啊。」

千金劍士顫抖的細小嗓音，從脣縫流瀉而出。

她清秀而面無表情的臉上，微微變得蒼白，綁著繃帶的雙手用力握緊。

她用這雙手幹了什麼？做出什麼好事？擅自行動，想也不想。

動搖的眼眸，悄悄窺看眾人的模樣。

「那小鬼在地牢裡蹺辮子啦。」

礦人道士對上她的目光，若無其事地回答。

他一隻手捻著白鬍鬚，另一隻手翻找觸媒袋，表情十分正經。

「……這下情形可能真的不太妙。」

眾人聽到這句話，什麼話都不說。

這是早知道的事。

塞滿中庭的小鬼，保守估計也大幅超過五十隻。

過去——打從創世以來，人們已經進行過不知道多少次的剿滅哥布林之戰。

冒險者的數量永遠比哥布林要少。

有勇無謀的人會先死。既然身在巢穴最深處，更是不用提。

即使是哥布林殺手，也不例外。

這名奇妙而古怪的冒險者，是多麼致力於填補戰力差距？

一起冒險已經一年。

他們不可能不知道。

「……！痛……」

「怎、怎麼了？」

就在這個時候。

握緊雙手，表情僵硬的千金劍士，突然發出呼痛聲。

女神官不由自主地去到她身邊查看情形，但她並沒有受傷跡象。然而……

「嗚！嗚、嗚嗚……啊……！」

「好、好燙……!?」

一碰之下，才發現她的身體滾燙得幾乎令人灼傷。

「怎麼了」哥布林殺手問。

「不、不知道。可是，這……」

快想起來。快想起來。女神官拚命翻找記憶。

不是外傷。應該也不是中毒。身體發熱。就像被施了法術。

法術？不對，應該不是單純的法術。這裡沒看到圖騰。聖騎士。神職人員。

「啊……！」

女神官找到了。就在千金劍士一刀割短的髮際處。

頸部被捺上的殘酷烙印——綠月之眼——發出火焰熊熊燃燒般的光。

「這……」

「！呼、嗚、唔……嗚嗚、嗚嗚……！」

千金劍士拚命強忍痛楚，咬著自己的手臂來壓抑聲音，痛得無法動彈。

女神官拚命抱住她滾燙得像要燒起來似的身體，回頭看向蜥蜴僧侶。

銀等級，第三階，在場經驗最豐富的神職人員，此刻正吐出咻一聲尖銳的呼氣。

「邪神的詛咒嗎！既然如此，解咒……不，時間不夠……！」

他們太大意了。

竟然只把這烙印當成悲慘的傷痕，以為是小鬼殘忍成性而烙下的印記，就這麼不去理會——不對。

換個角度想，正因為是詛咒，才會連治療的神蹟都消不去這傷痕？

「……！『慈悲為懷的地母神呀，請以您的御手撫平此人的傷痛』！」

但他們已經沒有時間猶豫。女神官對地母神懇求治癒的神蹟。

慈悲為懷的女神，用指尖輕撫過這名可憐少女的頸子，與侵蝕她的詛咒抗衡，

然而……

「GORUB!?」

「ORARARAGU!?」

中庭的那些小鬼也隨之出聲起鬨。

仔細一看，授動典禮進行順利，之後只差僧侶與祭品抵達。

但該出現的人物沒出現。

一直不來。

小鬼聖騎士終於嚷嚷一聲「ORG」，叫部下跑腿。

地牢。僧侶的屍體被發現，以及他們吩咐留在原地等待的俘虜被發現，都只是

時間的問題。

「ＯＲＡＲＡＲＡＧＡＧＡ！」

哥布林大喊，起鬨的聲浪更大了。

小鬼聖騎士從座椅上蹬地起身，嚷嚷著奇怪的禱詞。

「ＩＲＡＧＡＲＡＵ！」

「啊、嗚啊啊啊啊啊啊啊啊啊……!?」

千金劍士終於承受不住痛苦，發出啜泣聲。

下個瞬間，所有事情同時發生。

哥布林殺手抓住腰間的劍，看向中庭。

小鬼聖騎士的目光直視過來。

視線交會。藏在鐵盔下的眼睛，與小鬼聖騎士的金眼，對上彼此。

接著。

「ＯＲＡＧＡＲＡＧＡＧＡＲＡＧＡＲＡ！！！！」

「趴下！」

小鬼聖騎士一聲令下，哥布林以整齊得令人不舒服的動作彎弓搭箭，放箭。

同時哥布林殺手往旁一跳，撲倒兩名少女。

© Noboru Kannatuki

「呀!?」

「……!?」

也不管女神官與千金劍士這兩名嬌小的少女發出細小的尖叫，舉起盾牌。

緊接著，灑下的箭發出咚一聲無力的聲響，撞到盾牌而彈開。

就算考慮到是憑小鬼的力氣由低處往上射，威力依然偏弱。

撿起箭一看，箭頭固定得很鬆。而牠們卻想用這樣的箭進行長距離射擊。

「……模仿得很差勁啊。」

接連灑來的箭雨碰上盾牌，撞出金屬聲響。

哥布林殺手「哼」了一聲，感到沒趣地拋去手上的箭。

接著一邊舉盾為女神官與千金劍士擋住流箭，一邊窺看她們的情形。

「還好嗎。」

「啊，是、是的……對不起。」

「無妨。」

「……」

哥布林殺手的胸膛下，千金劍士眼神微微猶疑，點了點頭。

「好。」

這樣就夠了。接著，他將視線望向站在稍遠處的同伴。

「你們那邊呢。」

「勉強沒事！」

「反而快要被壓扁了就是。」

妖精弓手如嚷嚷般回應，礦人道士在她身旁默默揮手。

是蜥蜴僧侶張開整個身體，撲倒森人與礦人，護住了他們。

「哎呀呀，這下事情可鬧大了啊。」

箭如雨下的當口，蜥蜴僧侶彷彿更加愉悅地瞇起了眼睛。

對蜥蜴人（Lizardman）而言，所有的困境都是試煉，而面臨試煉就應該滿懷喜樂地挑戰。

「我們兵分兩路。」

「明白了。」

蜥蜴僧侶很有默契地回答。

「戰力分為三三。戰士、術師、僧侶；神官、獵兵、術師。是否妥當？」

「可以。」

「誘餌由哪邊擔任？」

「我來。」哥布林殺手說道。「雖然肉盾比較適合。」

「但要搬運地下的俘虜，還是貧僧的力氣派得上用場。就由貧僧負責。」

「拜託了。」

兩名冒險者迅速把臉湊在一起，迅速討論，將計畫擬訂完畢。

尤其就剿滅哥布林而言，無人能出哥布林殺手之右。

而只要以戰鬥為業，也沒有其他種族能凌駕於蜥蜴人之上。

「那麼就動身吧。獵兵小姐，術師兄，兩位能行動嗎？」

「我是不要緊。啊啊，真是的……！這種射箭法，看了就讓人生氣……！」

「現在是說這種話的時候嗎？」

三人靠著蜥蜴僧侶的鱗片當盾牌，在走廊上匍匐前進。

哥布林殺手點點頭。之後只要他這一方夠顯眼就行。

「好，我們上。」

「啊，好的……！」

「…………嗚。」

但千金劍士不動。不對，是無法動彈。

痛楚的影響的確是有。頸子上燒灼般的疼痛，讓她縮起身體，低聲啜泣。

然而，原因不只如此。

她用力握緊拳頭，指甲抓破繃帶，滲出血來。

「……不可以，這樣喔？」

女神官悄悄湊過去，把自己的手放到她的手上。

將她修長纖細的手與手，牽手似的握住、包住。

「…………」

千金劍士身體微微一震。

「…………我、」

細碎的驚呼從喉嚨洩出。

「……知、道。我知道。我知……道。」

她抗拒地甩動切得很短的蜂蜜色頭髮，搖了搖頭。

「……可是。」

一旦說出一句話，就再也停不住。

「……可是……！」

言語和淚水溢個不停。

懊惱。懊惱。難受。悲傷。為什麼老是自己。遇到這種事。

不應該是這樣。為什麼那些傢伙。這麼自私。笑我。

看不起我。可是。好悲慘。什麼都做不到。沒出息。

又是自己害的。自己害得大家，這麼、這麼。

把劍。還給我。得拿回來才行。還我。還我啊。

想回家。

爸爸。媽媽。

「我再也……受不了了……」

「……」

一句句只是在羅列字眼的——話語。

少女拖泥帶水，像個鬧彆扭的孩子一般啜泣。

哥布林殺手靜靜聽著她拚命說出的這些話。

隔著鐵盔，一直看著她哭得涕淚縱橫的臉。

於是他想到。

——被小鬼搶走的東西當中，究竟有多少，是拿得回來的？

「是嗎。」他開口。「我明白了。」

「……咦？」

千金劍士茫然仰望他，再看向身旁的女神官。

「……你這個人，真叫人拿你沒轍呢——」

仍被他壓在下面的女神官，呼出一口氣。

「——這句話，我不說。」

只有這次。不，應該是這次也不說？

這不是早就已經知道的事情嗎？

「畢竟哥布林殺手先生，每次一被人拜託，都只會說聲『是嗎』，從來就不懂得拒絕嘛。」

「是嗎？」

「你看。」

「…………是嗎。」

女神官從極近距離露出花朵綻放般的微笑。他強行移開視線。

「妳的劍我會拿回來。」

接著他舉起盾牌起身。灑落的箭雨打在盾牌上彈開。

「那個小鬼聖騎士我也會殺掉。小鬼就該殺掉。」

他拔出腰間所佩的劍。拔出那把不長不短的劍。

「殺一兩隻沒有意義。一個巢穴、一座堡壘也沒意義。」

© Noboru Kannatuki

披掛廉價鐵盔、髒汙皮甲的冒險者。

「只要是小鬼（Goblin），就該殺個乾淨（Slay）。」

所以別哭了。

聽到哥布林殺手的話，千金劍士用力吸了吸鼻子，然後微微點頭。

§

「『慈悲為懷的地母神呀，請將神聖的光輝，賜予在黑暗中迷途的我等』！」

這道光粲然有如破曉的明星，照在小鬼身上。

女神官消磨靈魂獻上的祈禱所帶來的神蹟——「聖光（Holy Light）」。

「ORARAGA！」

「GROAAB！」

這已經足以讓小鬼的注意力，集中在城牆上分成兩組的冒險者當中的一組。

嚷嚷得滴下骯髒唾液的小鬼聖騎士一聲令下，哥布林有了行動。

箭雨咻咻直落的當口，一隊人馬鬧哄哄地跑遠。

多半是要趁箭雨絆住敵人時，派兵前來攻擊吧。意圖非常明白。

「既然祭品在我們手上，他們也做不出太離譜的事。」

哥布林殺手一邊用舉起的小圓盾護著兩名少女，一邊說道。

射到盾牌上的箭散了一地，而他毫不留情地踩壞這些箭。

「偶爾抓些人質，還挺舒暢的。」

哥布林殺手回頭看向女神官與千金劍士後，準備確保行進路線。

「要上了。壓低姿勢。」

「啊，好的！『聖壁』呢……」

「不。」哥布林殺手打斷女神官的話。「留著。」

她只剩一次神蹟。法術與神蹟絕不能用錯地方。

女神官乖乖點頭，卻又帶著點淘氣地對他微笑。

「我明白了……可是，話說在前面，遇到危險時我會用的。」

「交給妳判斷。」

——交給妳！

這句話是多麼令人雀躍。

哥布林殺手說「交給妳」，就只是告知這麼一句話，卻如此令人欣喜。

「好的！」女神官很有精神地應答，哥布林殺手見狀點點頭，轉動視線。

「能跑嗎？」

「……大概。」

千金劍士用力揉搓變紅的眼睛，乖乖回答。

大概是內心積壓已久的情緒爆發後，心情也有點不一樣了。

儘管表情依舊冰冷，玻璃珠般的眼眸中卻有著光芒。

「很好。」

他翻找雜物袋，抽出一根火把，敲擊打火石，以熟練的動作點火。

然後用力塞給千金劍士。

她用一隻手牢牢握住火把，看著這熊熊燃燒的火焰，眨了眨眼。

「後衛是妳，要守好。」

「……知道了。」

她以正經的表情點頭，左手被一團柔軟的事物包住。

忍不住抬頭一看，結果——……

「不會有事的。」

——……映入眼簾的是女神官那有如花朵綻放的笑容。

「是的，已經沒事了。我們好不容易來到這一步，怎麼可以輸給牠們？」

「……嗯。」

千金劍士用力回握她的手。

於是他們開始奔跑，而戰鬥也就此展開。

也不清楚哥布林是否了解狀況，只見牠們老是射來箭頭很鬆的箭。

箭上連毒都沒有抹，就不知道是上一戰帶給牠們的影響太大，還是在記恨。

但照哥布林殺手的說法，這只是一種有樣學樣、拙劣的模仿。

由於箭的軌道會偏移，導致射程與命中率都下降，做了這樣的調整來進行遠距離射擊，到底是打什麼主意？

何況憑小鬼的力氣，遠距離射擊原本就很困難。加上箭頭一射中就會先鬆脫。

若是初出茅廬的冒險者還很難說，只要確實準備好護具，多半就無法造成損傷。

然而，這對他們是好事。

哥布林殺手的目的是爭取時間。他們要擔任誘餌，掩護同伴行動。

只要盡可能多讓一隻小鬼衝著他們而來，他們離勝利就近了一步。

當然，前提是分頭行動的蜥蜴僧侶一行人，能夠完成計畫。

「愈來愈覺得，一個人做不好的事情變多了。」

「哥布林殺手先生，來了！六……不對，是七！」

彷彿是要贊成他不由自主脫口而出的低語，女神官發出堅毅的喊聲示警。

前方。黑夜之中，一群小鬼金色的眼睛閃閃發光，沿著城牆跑來。

為的是用手上的棍棒、槍、斧，把冒險者打垮、蹂躪、撕裂、凌辱。

「哼。」

哥布林殺手的行動很單純。

他邊跑邊舉劍，擲了出去。

「GAROAB!?」

喉頭插上劍的哥布林如溺水般揮動手臂，從城牆摔下去，沒入黑暗之中。

哥布林當然不會退縮。

看，那個冒險者笨得放棄了武器。撲上去。殺了他。把他大卸八塊。

但這個判斷錯了。

「先是一。然後，二。」

GARARA!?

他綁在左手上的盾牌呼嘯生風地揮起，劈開帶頭小鬼的頭蓋骨。

磨得銳利的盾牌邊緣，本身就能十二分地發揮做為武器的作用。

哥布林殺手揮開小鬼黑濁的血糊，撿起對方的石斧。

「三！」

只要小鬼拿著武器撲向他，哥布林殺手就不會沒有武器可用。

毫不留情揮出的石斧，就像對付上一個主人一樣，擊碎了第三隻小鬼的頭蓋骨。

「ＯＲＡＧ!?」

四隻、五隻、六隻。他接連更換武器，就像呼吸一般自然地解決小鬼。

專殺小鬼之人。

垂死哀號混在這些哥布林發出的怒吼聲中，在城池內迴盪。

狹窄的城牆上，發揮不出數量優勢，而這些小鬼尚未理解到這點。

小鬼愚蠢得有如濁流般一擁而上，冒險者們從潮水似的小鬼中殺出一條血路。

當然，哥布林殺手也並非孤身一人就能完成這一切。

「ＧＲＡＲＡＢ！」

也有小鬼善用個子小的優勢從旁溜過，想撲向兩名女性，然而……

「嘿、咿！」

「ＧＡＲＯ!?」

女神官揮動的長柄錫杖不允許這隻哥布林如願，在牠頭上敲了一記。

這一杖打出的傷害很小，卻已經足夠讓牠退縮。

「……臭、傢伙！」

「ORARAG!?」

而如果只是解決退縮的小鬼，這點小事對千金劍士來說是輕而易舉。

她將火把當成燃燒的棍棒揮舞，將小鬼從城牆擊落。

氣喘吁吁的她，眼睛瞄到了背後黑暗中的人影。

「……後面也來了！」

「數目呢。」

「……不知道。」千金劍士咬了咬嘴唇。「……總之，很多！」

「好。」

哥布林殺手隨手從雜物袋中抽出一只小瓶子，朝背後一扔。

瓶子輕巧地從女神官、千金劍士頭上劃過，飛向小鬼眼前。

陶瓷喀鏘一聲破碎，讓裡頭黏稠的液體濺了開來。

千金劍士想必不曾見過，也不曾聽過。但女神官記得。

美狄亞之油——可燃之水（汽油）。

「GARARARA!?」

「ORAG!?」

要打倒敵人，並不是非得直接拿刀去砍不可。

這些小鬼腳底打滑，跌得東倒西歪，連累了自己人，紛紛從城牆上摔下去。

好幾隻小鬼一起擠進狹窄的通道，自然會搞成這樣。

這些小鬼踩死同伴，越過滑溜的油，儘管數目受到削減，仍撲向冒險者。

「GRARAM!」

「……咦、呀、啊！」

千金劍士拚命驅趕牠們。火把濺出火花，彷彿成了一枝畫筆，畫出紅色的軌跡。

才剛把一隻從城牆擊落，第二隻又撲了上來。

她擋住對方，用火把毆打。第三隻已經來了。被牠從身旁溜了過去。

「包在、我身上！」

女神官的叫喊傳來。她無暇回應，對付起第四隻。揍了好幾次，解決了這隻。

啊啊，可是，第五隻、第六隻已經接近──……

──來不及……！

揮動火把的手臂變得很沉、很遲鈍，呼吸粗重，視野模糊。

自己的呼吸、血液流動的聲音，尖銳耳鳴，連周遭的聲響都聽不清楚。

千金劍士求救似的，回頭看向背後。

「可惡……！啊啊，真是的，每次都、這麼……多！」

但女神官拚命揮動錫杖，驅退想撲上來的小鬼。

哥布林殺手則離得更遠。

想也知道不可能得到幫助。

小鬼呼出的腐臭氣息，噴在千金劍士白嫩的臉頰上。距離拉近了。

「……啊。」

過去在雪山中所嘗到的屈辱與絕望，歷歷在目地在千金劍士腦海中復甦。

小鬼醜惡的臭味、猥瑣的手、無情的暴力、殘酷的欲望、天真的嘲笑。

這些讓她身體僵硬、喉嚨因恐懼而顫抖。手上灌注力道。

然而，她的左手，存在一股確切的暖意。

右手有著確切的光在燃燒。

在地牢、在眼前，哥布林殺手戰鬥的模樣，在她腦海中閃過。

「……啊、啊！」

這一瞬間，她尚未想清楚，身體已經將火把扔向哥布林。

「GAROARARA!?」

不幸的是——或者該說幸運的是——這隻小鬼是跨過油跑來的個體。

火舌轉眼間繞行全身，燒灼皮膚，讓小鬼痛得打滾，從城牆上跌落。

「GROOOB！GRAAB！」

然而小鬼就是以多取勝的生物。立刻就有下一隻小鬼，跳進空出的空間——

「……不、要啊啊！」

千金劍士反手一動，以狠砸似的動作將輕銀短劍刺到小鬼身上。

「GAROARAO!?」

「……可、可惡！」

她朝肩膀插進刀刃而斷氣的小鬼身上一踹，拔出短劍，面向前方。

不知不覺間，浪潮已經中斷。

下一波來臨之前空出的一拍。千金劍士深深喘口氣，調整好呼吸。

直到短短幾分鐘前，她肯定沒辦法像現在這麼冷靜。

肯定會在憤怒的驅使下，拿著武器，絲毫不考慮後果就衝進小鬼群裡，然後——……

「哈，嗚、呼……哈……」

可是。

即使氣喘吁吁，仍舊絕不放開她的手的──女神官。

牽著的手很細，很纖弱，可是──可是，好溫暖。

「…………」

千金劍士心中，已經沒有那種會揮開這隻手而衝進小鬼群裡的激情。

更重要的是，救了她的哥布林殺手把重責大任交給了她。

「十三……幹得好。」

而他對她連看都不看一眼，說出這句話，丟了下一根火把過來。

她趕緊接住，把小鬼潮中斷的一瞬間全部用掉，點著了火，重新握好。

接著朝女神官臉上一瞥，只見她額頭冒汗，表情緊張得僵硬，但仍露出笑容。

千金劍士心想，自己臉上想必也有著這樣的表情。

她學會了一件事。人類這種生物，不管是好是壞，都有可能只因為一瞬間的經歷而產生巨大的改變。

§

「不知道上面那邊要不要緊？」

妖精弓手一邊又射殺一隻小鬼，一邊回頭看向同伴。

迴廊也有小鬼在。雖然不像城牆上那麼多，戰鬥仍然無可避免。

傳進森人長耳朵裡的戰鬥聲愈演愈烈，所幸並未聽見人的哀號。

「哈哈——我看長耳丫頭妳真的很擔心嚙切丸啊。」

礦人道士呵呵大笑，拉出水袋，喝了一口裡頭的酒。

他沾溼嘴唇，舔去水珠，壞心眼地滿臉堆笑。

「要不要妳也上去幫忙？」

「我又不是在擔心歐爾克博格。」

妖精弓手沒趣地哼了一聲，從箭筒抽出箭。

「是擔心另外兩個。」

「擔心朋友被新來的孩子搶走這種事，還是小屁孩的時候做就夠啦。」

「就說不是這樣了！」

妖精弓手豎直長耳朵，瞪了礦人道士一眼。

接著也不知道是因為自己扯開嗓子吼人，還是因為接下來要說的話，只見她難為情地垂下長耳朵：

「……兩個都是朋友耶。擔心她們，錯了嗎？」

「沒錯啊。」

「咦？」

妖精弓手沒料到他會這麼乾脆地肯定，連連眨了眨眼睛。

「妳是森人嘛。當然要格外在乎友情啦。」

到頭來，她只是被捉弄罷了。但似乎也同時受到了稱讚。

她想生氣也不能生氣，卻又無法老實接受。

妖精弓手「嗚～！」一聲瞪著礦人道士，但他絲毫不當一回事，又喝了一口酒。

「哈哈哈，罷了，只要有小鬼殺手兄跟著，那實在是高枕無憂啊。」

蜥蜴僧侶愉悅地看著他們，咻一聲伸出舌頭這麼說。

在他們三人之中，如果只看年齡，最年輕的就是蜥蜴僧侶。

而有時妖精弓手的舉止會顯得比他更幼稚，讓人百看不膩。

「只是若貧僧等人在這裡磨蹭太久，那就得不償失了。大概還有多遠呢？」

「離要去的地方，已經沒多遠咧。」

礦人道士用手背擦了擦嘴角，塞上塞子，收起水袋，敲了敲牆壁。

「反而是解決那邊，回到地牢以後，對我來說才是大件活兒。」

「哎呀。」妖精弓手逮到機會，換她滿臉堆笑。

「我還以為礦人的神經就跟外表一樣粗呢。」

「那當然。」

礦人道士以嚴肅而誇張的動作，煞是沉重似的搖了搖頭。

「是我才會只這樣就了事，換做是妳，一定兩腿發抖，站都站不住啦。」

「……！你這臭礦人！酒桶！」

「怎樣啦，鐵砧。」

「哈哈哈哈。」

他們三人當然也並非無意義地在悠哉。

遇敵人數少，就表示有這麼多敵人撲向另外一邊。

他們沒有時間，而且我方的戰力豈止半減。

一旦心急而出錯，一切就都毀了。

而細心留意之餘，卻又絕對不出差池，就是他們的作風。

正因如此，他們沒有餘力讓自己產生多餘的緊張。如果緊張就會成功，那也罷了。

說笑、放鬆，以平常心來面對，才是最重要的。

事實上，他們並未放過任何一隻遭遇到的小鬼。

妖精弓手的射擊，蜥蜴僧侶的爪子、牙齒與尾巴，都確實讓小鬼斷氣。

加上礦人領路做得確實，他們以最短時間，快速跑過最短距離。

「是這兒啊。」

隨後他們來到的，又是一扇厚重的礦人製門扉。

礦人道士檢查似的動了動鼻子，然後點點頭，回頭看向妖精弓手。

「來唷，換手。」

「好好好，包在我身上。」

妖精弓手輕輕拍了拍他的肩膀，迅速互換位置，整個人貼到門上。

她取出細枝探針，迅速檢查鑰匙孔、查探陷阱，開始開鎖。

其間，索敵的工作就由礦人道士與蜥蜴僧侶擔任。

兩人手上拿著兵器——牙刀與投石索——毫不大意地監看通道。

目前沒有小鬼出現的跡象。感謝諸神的骰子擲出了好數字。

「可是啊。」妖精弓手的長耳朵一動。

她小心翼翼地動著探針，過了一會兒，鎖喀啦一聲開了。

「真的會順利嗎？我不是要懷疑，但之前不就失敗過一次嗎……」

「啊啊，這我也很在意。長鱗片的，你怎麼看？」

「即使失敗過一次，未必表示這計謀不好。」

妖精弓手敏捷地從門前跳開，換蜥蜴僧侶上前。

哪怕是對付小鬼，驍勇善戰的蜥蜴人這個種族裡，沒有人面臨攻城卻不會感到興奮。

「古今中外，要攻陷城堡，水攻的確是最好的辦法，但還另有一計。」

蜥蜴僧侶踹開門，查看完內部後揚起上顎，露出龍一般的笑容。

附近的桶子裡，胡亂塞滿了大量的物體——像是用螞蟻捏成的肉球。

「即為斷糧戰術。」

§

城池一角轟然竄起火舌，就在這個時候。

「ORARAGA!?」

「GROAB！」

連醜陋又忠於欲望的哥布林，見狀也發出了震驚與不解的聲音。

第三波越過呈現出一片累累死屍樣貌的第二波，湧了上來。

前後加起來，大約有十五、六隻哥布林，看見兵糧燃燒的火焰，不由得停下腳步。

「好。」

哥布林殺手不會錯過這個機會。

他已經在城牆上跑了一圈，這時犀利地下達指示。

「火把，往前，扔出去！」

「……！」

千金劍士握緊了手上做為武器的火把，一瞬間低下頭。

接著這次不再是反射動作，而是懷著決心，舉起火把擲出。

她也早已明白這個行動的目的何在。

火把呈拋物線掉落，在地上滾動，火舌立刻竄至通道。

先前灑出的可燃之水（汽油），化為一堵火牆，完全擋住了哥布林。

「GROAA!?」

不幸被牽連進去的一隻，化為一團火球，痛得倒地打滾，不再進逼。

看到同伴悽慘地死在眼前，其餘哥布林嚷嚷歸嚷嚷，倒也不打算跳進火中。

如果有不怕死的勇氣，自然另當別論。但那想必是離小鬼最遙遠的一種情操。

「二十九……是時候了。」

哥布林殺手丟下沾滿腦漿的棍棒，從腳下小鬼的屍體搶走劍。

他握緊劍，輕輕一揮，點了點頭。

「我們撤退。做好準備——」

「哥布林殺手先生！」

女神官尖叫似的示警。若是沒有她這一喊，他的冒險或許已經就此結束。

他反射性舉起的劍，碰出火花，當場截斷。頭盔與胸甲上竄過一條白線。

「……嘖、哼！」

哥布林殺手不及細想，立刻跳開，只見身前輕銀刀刃一閃而過。

不屬於魔劍或聖劍，卻是一把配得上勇者的寶劍。

「GRAAORRRN！」

這隻小鬼全身冒著煙，眼神熊熊燃燒，披盔帶甲。

一名越過火焰之壁，為了同胞，現身討滅仇敵的神之使徒。

右手握持輕銀劍，左手舉著淚滴形盾牌，像是會出現在劇畫中的神聖戰士。

小鬼聖騎士（Goblin Paladin）。

「來得真晚啊。」

哥布林殺手回答得若無其事，重新舉好長度變得像是匕首的劍。

他舉起盾牌壓低姿勢，手腕一轉，將刀刃朝向敵人，擺出一貫的戰鬥架式。

「早料到你會出現。」

「GAROAROB……！」

小鬼聖騎士奇妙地搖動拿著兵器的手，結出一種來歷不明的法印。

但輕易就能判斷出，此舉是在讚頌坐鎮天上綠月的外神。

「……嗚、啊、嗚……！」

千金劍士一看到他這樣，口中就發出哀號。

頸子燙得像是被烙鐵燒灼。外神的印記正在脈動。

感覺印記不斷膨脹，隨時都會脹裂——……

她甚至想像起這樣的情形，膝蓋連連顫抖。

但眼睛就是移不開。無法從小鬼握住的那把銀色寶劍上移開。

那是、我的東西。是我的。從我手上，搶走的。

而這把劍，這次卻朝同伴——會有這樣的想法，讓她吃了一驚——揮舞過來……！

「啊……嗚……不、要，啊……」

腳步聲在接近。

其餘哥布林因小鬼聖騎士的登場而興奮起來，在城牆上繞了一圈湧現。

沒有退路。是逼死了對方？還是被逼死了？一切就要在這裡結束嗎？

該怎麼辦才好。該怎麼辦……

「動作快。」

這個平淡而無機質的嗓音，溜進了她錯亂的心中。

「爭取時間。」

「明白了！」

女神官很有默契，以堅毅的聲調回答。

千金劍士緊咬下唇。感覺得到頸子滲出血，滴了下來。

已經不要緊了。一定不要緊的。我會讓它、不要緊。

「……知道了。」

於是兩名少女所採取的行動，完全相反。

「『特尼特爾斯（雷電）……歐利恩斯（發生）……』！」

千金劍士口中，迸發出具有真實力量的言語。

「慈悲為懷的地母神啊，請庇佑我們……」

相較之下，女神官雖然對神祈禱，卻並未懇求神蹟。

因為她們兩人，都曾被哥布林殺手吩咐過：「交給妳了。」

交給前者擔任後衛、保護女神官的職責；交給後者判斷動用「聖壁（Protecion）」的時機。

「IRARAGARU！」

「……唔！」

小鬼聖騎士，一邊對異形之神獻上禱詞，一邊跳了過來。

他這一劍極為犀利，立刻就輕而易舉地斬去了哥布林殺手所舉的盾牌邊緣。

殺死凡人（Smite Hume）的一擊！

哥布林這個種族身形矮小。除非是巨漢，否則無論如何力氣就是不如人。

而輕銀劍則彌補了這項劣勢。這把武器握在哥布林手上，的確已經成為可怕的神兵。

要是再加上外神的神蹟，尋常護甲根本起不了作用。

如果有蘊含魔力的鎧甲，自然另當別論，但哥布林殺手不喜歡那類裝備。

只要看看現在的狀況，對於魔法武器一旦落入敵手會有什麼情形，已經不辯自明。

「哼。」

因此，哥布林殺手的劍路雖顯得隨手揮灑，卻非常巧妙。

他不用劍刃去迎向劍刃。他明白這樣沒有意義。

要用鈍端格開對手的劍，接著用短短的刃尖，看準機會刺去。

這不像冒險者，比較像鄉野的小混混會用的幹架劍法。

小鬼聖騎士多半只是有樣學樣地習得冒險者的劍術，對這種戰法未能完全應付過來。

然而敵人的兵器又太危險，讓哥布林殺手難以就此壓倒對方。

他用盾勉強格擋，誇張地跳開，揮動劍刃，兵器互擊。

架開劍鋒、犀利跨步上前、順勢一刺，兵器互擊。

體格的差距、力氣的差距、兵器的差距、戰術的差距、經驗的差距，讓這一戰完全平分秋色。

既然如此，決定戰況的就是其他人。

湧上來的小鬼有十五隻，而另一邊只有兩名嬌小的少女。

只要看看這些哥布林醜陋的笑臉，就猜得到牠們小小的腦袋裡裝滿了欲望與妄想。

「……呵呵。」

儘管處在這樣的狀況下，女神官的臉頰，卻仍微微揚起。

一個能把背後交給他的男人。一個把背後交給她的男人。

沒錯，每次遇到這種狀況，她都不會以正常的方法應戰。

從來就不曾讓她正常地動用過神蹟。

所以，不是現在。動用「聖壁」的時機，不可能是現在。

那麼自己此刻該做的事，就是盡快準備好逃脫手段……

她一如事前的討論，機智地翻找行李，拿出工具。而在她身旁……

「『……雅克塔（投射）』！」

閃電（Lightning）已經完成。

一直線。千金劍士伸出的手掌所瞄準的——並非小鬼聖騎士。

「AGARARABA!?」

「GORRRBB!?」

而是湧上來的大群小鬼。

「嗚、啊啊啊啊啊！」

這一瞬間，戰場染成一片全白。

隨著一陣雷龍的咆哮也不過如此的大氣沸騰聲響，電光迸射而出。

小鬼們被這雷電長鞭一網打盡地掃過，當場蒸發得血肉橫飛，爆出哀號。

像這樣趁敵人密集時，以威力強大的法術攻擊，乃是常規手段。

一陣肉燒焦的噁心氣味中，白煙噗嗤作響地竄起，與火舌的黑煙交雜。

地獄繪圖。這個字眼從千金劍士腦海中閃過。

「……吃我，這招！」

僵硬的臉上所露出的扭曲笑容，無疑屬於逞強、打落牙齒和血吞的那類情形。

但，她們確實辦到了。

女神官用手擦去汗溼的臉頰上所沾的煤灰，同時喊道：

「哥布林殺手先生！可以了！」

「……！」

哥布林殺手的行動很快。

他在掌中將折斷的劍倒轉過來，反手握住，毫不猶豫地擲向小鬼聖騎士。

「GARARAI！」

小鬼聖騎士認為他的這一擲只是白費心機的花招，舉盾防禦，視野被盾牌遮住。

短短一瞬間。

這正是哥布林殺手要的。

「呀!?」

「……啊!?」

兩名少女口中發出尖叫。

哥布林殺手一把抱住兩人，從城牆一躍而下。

黎明將至，地平線微微透出陽光的當下，三人往空中飛身而去。

令人凍僵的風雪呼嘯而過，就像用刀割在少女們的肌膚上。

但下墜的飄浮感，卻忽然像是撞到什麼似的，唐突地結束。

全靠哥布林殺手的手，牢牢握住的「物體」。

「冒險者工具組。」

鐵盔微微洩出他呼的氣。似乎是哥布林殺手難得笑了。

「出門時別忘了，對吧？」

是女神官——黑曜等級，這位只比菜鳥多踏出一步的初學冒險者，珍重地帶在身上的工具。

其中的鉤索牢牢固定在城牆上，繩子垂往外面，開出了一條再好不過的退路。

「IGARARAROB！」

抬頭看去，小鬼聖騎士從城牆探出上半身，氣得面目猙獰，大聲嚷嚷。

這些生物原本就以地底為地盤，他們肯定是第一次看到從高處往下跳的技法。

牠們當然無望追擊，但小鬼就是小鬼，立刻想到解開鉤索，這種惡毒只能令人佩服。

當然哥布林殺手也不可能會容許這種情形發生。

他把女神官與千金劍士抱在兩側脅下，雙腳踏穩牆壁，以跳躍般的大步往下降。

他敏捷的身手，肯定不是天賦，只可能來自訓練。

「不、不會太重嗎……？」

「或多或少。」

女神官忍不住問起，聽到這老實不客氣的答案，表情當場僵硬。

她難為情地鼓起臉頰，紅了臉，透出若干的怒氣。

正值青春年華的少女，會忍不住嘛起嘴反駁，也是理所當然。

「……這種時候，請你說——很輕。」

「是嗎？」

「是！」

「是嗎。」

哥布林殺手想必不懂，只見他板著臉點了點頭。

幾乎就在他的雙腳踏上雪地的同時，噗一聲被切斷的繩索，落到了地面。

他撿起這條繩子，捲成一捆，掛到肩膀上。

「晚點我再賠妳。」

這句一板一眼的話，顯得格外滑稽，讓千金劍士臉上也微微浮現笑容。

但，事情並非就此結束。

「IGURARARABORR！」

小鬼聖騎士急怒如狂，發出的咆哮迴盪在四周，讓城牆上的積雪紛紛砸落。

巨大城門的開閉機關，傳出咿呀聲運作起來。

若不趕快行動，狀況不會有任何改變。

「……其他、幾位呢？」

「很快就會來。」

他說得沒錯。

積著雪的地面上多了幾處隆起，從裡往外迸開。

「噗、噗啊啊！受不了，那些小鬼的地洞實在讓人討厭。」

礦人道士就像土撥鼠似的，從雪中探出頭，爬了出來。

「來」抓住他這麼說著伸往洞裡的手、優雅跳出地洞的，則是妖精弓手。

「真的。」她用手連連拍去身上沾到的髒汙，皺起眉頭。

「真虧礦人可以在土裡生活。我看你們和哥布林果然是親戚吧？」

「喂，長耳丫頭。有些話可以講，有些可不行啊，妳這兩千年的鐵砧。」

「!?你、你提這個可是要開戰的，礦人……！」

吵吵鬧鬧。轉眼間展開的這種一如往常的互動，讓千金劍士跟不上他們的步調。

「……呃。」

「都在計畫之中。」哥布林殺手說了。

「然也、然也。」

接著如怪物一般緩緩從洞穴中冒出的，是顆長鱗片的蜥蜴頭部。

「不管怎麼說，事情就是如此。我們這邊安然無恙。」

蜥蜴僧侶語調充滿威嚴卻又顯得愉悅，兩側脅下各抱著兩名衰弱的俘虜，一共四個人。

這種輕而易舉抱起四人的怪力固然驚人，而他替她們治傷的手腕也一樣俐落。看來可以確定這些俘虜並沒有生命危險。

「太好了……」女神官擦去忍不住滲出的眼淚，鬆了一口氣。

「我一直在擔心。各位都沒有受傷吧——？」

「沒事！」妖精弓手和礦人鬥嘴鬥到一個段落，得意地挺起單薄的胸膛。

「妳要不要緊？有沒有人對妳怎樣？尤其是歐爾克博格。」

「啊、哈哈哈……是，我沒事。什麼事都沒有。」

「是嗎。」

妖精弓手看到女神官堅強的微笑，心滿意足地點了點頭。

接著她將視線轉向哥布林殺手，最後停在千金劍士身上。

她剛結束一場戰鬥，身上沾滿鮮血與髒汙，但她以炯炯有神的眼眸回視妖精弓手。

森人緩緩搖動長耳朵，露出像貓似的盈盈微笑。

「成功了是吧？」

接著咚的一聲，輕輕用拳頭在她肩膀上敲了一記。

千金劍士眨了眨眼，按住肩膀。

接著彷彿要掩飾迷濛視野似的低下頭，短短答了一聲：「是。」

「也對啦，只要咱們出馬，就是手到擒來。」

礦人道士自豪地捻著鬍鬚，呵呵大笑。

事實上也的確如此。

若非有「隧道（Tunnel）」之術——純粹用來挖穿岩石與泥土的法術——勢必救不了俘虜。

若非有蜥蜴僧侶的怪力，勢必也救不出這麼多名俘虜。

若非有妖精弓手敏銳的知覺，勢必得被迫和更多小鬼戰鬥。

搶奪武器、毀了敵方的兵糧、救出俘虜、對付小鬼。

哥布林殺手甚至無從想像，這些事情如果只有一個人做，要花上多少工夫。

「唷，怎麼啦，嚙切丸。」礦人道士瞇起眼睛。「你的劍呢？」

「扔出去了。」

聽到他粗魯的回答，礦人道士也露出笑容：「你還是老樣子啊」。

「來，愛用哪把儘管拿去。雖然是那些小鬼使過的，應該很適合你吧。」

「……謝謝。雖然我想我還是會用過就丟。」

「這沒什麼，別放在心上。」

礦人道士說著「畢竟是撿來的嘛。」遞出的，是一大捆從先前兵器庫裡掠奪來的劍。

小鬼掠奪來武器，截短以便使用，而這些又被冒險者掠奪走。

哥布林殺手一邊覺得世事真是奇妙，一邊接過一把長度讓他覺得最順手的劍。

接著毫不猶豫地塞進劍鞘。手上沒有武器，還是會讓人不放心。

「之後，就只剩下搶回那個小丫頭的劍了。是嗎？」

「對。」

哥布林殺手從雜物袋中拿出一只小瓶子。

活力藥水（Stamina Potion）。

他拔去瓶塞，一口氣喝完。緩緩擴散到全身的熱令人覺得舒暢。

這是他出發時，櫃檯小姐交給他的一瓶壓箱寶。

哥布林殺手看了看同伴們。

看看相信他而追隨他的女神官。

看看多方關照他的礦人道士。

看看雖然抱怨卻仍陪著他的妖精弓手。

看看信賴他、願意為他執行戰術的蜥蜴僧侶。

看看一直拚了命努力才走到這一步的千金劍士。

每個人身上都沾滿了泥土、鮮血與煤灰，但都真真切切地站在這兒。

接著他望向地平線的盡頭。

南方──邊境之鎮。那裡有等著他回去的牧牛少女，以及櫃檯小姐。

他深深感受到，憑自己一個人做不好的事情變多了。

他思考到這，做出結論──這想必是好事。

既然如此，該做的事情就只有一件。

與平常毫無二致。

「哥布林就該殺光。」

§

哥布林沒有自行生產的概念。

再加上，這次的戰鬥中，牠們失去了多達數十隻同胞。

他們必須避免更進一步耗損戰力，得設法補給。

然而，要增加同胞，就需要孕母。也會需要糧食。

要擄來女人，取得食物，就必須去攻擊村莊。

要攻擊村莊，就必須聚集、維持、調度戰力，伺機而動。

而這一切全都被奪去了。

女人被奪去了。兵器被奪去了。糧食被奪去了。

什麼都做不了──什麼都做不了！太奇怪了。掠奪的應該是我們。被掠奪的應該是他們。

這樣一來，豈不是……豈不是和平常根本沒有兩樣？

豈不就只是財寶被那些闖進巢穴的冒險者搶走的、尋常的哥布林嗎？

「GOURR……」

小鬼聖騎士那比同胞優秀的頭腦，早已領悟到這一切都結束了。
事情既然發展到這個地步，小鬼聖騎士並不覺得剩下的夥伴們會願意追隨牠。
雖然哥布林有著強烈的同胞意識，但聯繫這種情感的根基是欲望。
對看不順眼的傢伙不殺、不強暴、不搶，不殘酷地玩弄，還當什麼哥布林？
小鬼聖騎士進退維谷，至今圖謀的計畫已完全破滅。
那麼，該做的事情就只有一件。
和平常毫無兩樣。
攻擊那些冒險者。男的殺了，女的抓起來。
然後關進牢籠，拿他們同伴的肉當飼料，讓她生小孩，生到精神崩潰而死為止。
哥布林不會理解是因為牠們先行搶奪，才會遭到報應。
牠們就只是因為自己下場悽慘，單純想報復罷了。
「IRAGARARARARA！」
因此，接下來的部分，就只是遷怒。

§

黎明的光。起火的城池。白銀的閃爍。背負一切的群山暉映。

冒險者團隊在這一切光芒照耀下，一心一意奔跑。

一旦被雪絆上一跤，多半就會演變成致命的情形。

畢竟死亡已經進逼到他們身後。

「IGARARARARARAU！」

「GROAAAB！」

小鬼聖騎士舉起輕銀劍，高聲咆哮著禱詞。

大群哥布林呼應他的指揮，高聲嚷嚷，揮動兵器，跑了過來。

牠們的眼裡有著熊熊燃燒的精光，嘴角滴下骯髒的口水。

已經不剩一絲理智。

儘管尚未確定哥布林是否生來就具備這樣的天性……

「狂奔（Lunatic）。」

巧的是智慧之外神，賜予了牠聖戰的神蹟。

由偉大的聖騎士所率領的哥布林群體，與狂熱的漩渦同在。

一旦演變成這種情形，就再也沒有考慮後果的餘地。

如今牠們唯一有的，就是想把這幾個冒險者大卸八塊，蹂躪致死的念頭。

這些哥布林化為了神的軍團，實實在在不知恐懼為何物。

哪怕帶頭挺進的一隊，被無聲無息飛來的羽箭一一射中而當場斃命。

牠們仍把屍體踏進雪裡，勢頭銳不可當。

「所以我才討厭哥布林這種東西，什麼都不行，就只有數目多……」

妖精弓手以精巧的動作從箭筒抽出有著木芽箭頭的箭矢，回身又是一箭。

她根本沒有好好瞄準，但射出的箭卻絕對不會射偏。

當技術（skill）高度熟練，就會神奇得與魔法無異。

「可是，還是愛怎麼射就怎麼射才最痛快呢！不像在建築物裡面。」

「別說這種嚇人的話……！」

「有空挑我語病不如趕快跑！」

「我當然在跑！」

礦人道士拚命動起短短的腿奔走，他的腳程是整個團隊中最慢的。

但話說回來，這次不只是他，所有人的速度都變慢了。

「倒是妳，腳沒事了嗎？」

「……老實說，還隱隱作痛。」

她為難地閉起一隻眼睛，又是一箭。

妖精弓手那有如雌鹿般健美的腳，先前才中過箭。

「不論如何，這樣下去遲早會被追上吶。」

抱著俘虜的蜥蜴僧侶，當然已經因為極凍的寒氣導致身體動作遲鈍。

即使叫出「龍牙兵（Dragon Tooth Warrior）」，幫忙背起一、兩名俘虜，他的腳步仍然遲緩。

「敵人的數目比先前要少，貧僧孤身正面迎戰，倒也挺有意思。」

「不、不可以啦！」

女神官本來就不是那麼拚命的類型，這時連連搖頭，趕緊打斷他的話：

「如果逞強或亂來能贏的話，那要硬拚也行，可是事情沒這麼簡單……！」

就不知她是否有察覺到，這是哥布林殺手的口頭禪。

雖說喝了活力藥水，體力也並非就會完全恢復。

他們從村莊出發、雪中行軍、在城池中活動了一晚，整個過程中沒什麼休息，從頭拚戰到尾。

疲勞會讓思考遲鈍，思考遲鈍就會引發失誤，而在這個情形下，失誤會直接導致死亡。

「受不了……至少如果暖和些，貧僧的動作好歹會再靈活點。」

「不，這也沒辦……啊！」

女神官說到這，赫然想起一件事，翻找起自己的行李，取出了一枚戒指。

「這個，是哥布林殺手先生給我的『呼吸（Breathing）』戒指。多少可以……」

「——一比零多。不好意思。」

他抱著俘虜奔跑，女神官幫忙把戒指套到他長了鱗片的手指上。

這一套之下，蜥蜴僧侶隨即鬆了口氣，看來是有效。

然而，狀況並非有什麼重大改變。

該如何是好？

唯一保有大規模火力的千金劍士，運行自己體內的魔力。

「……用『閃電』……」

「不。」

一句話駁回這個計謀的，是哥布林殺手。

「我們用得著，但不是現在。」

「……？」

千金劍士一邊奔跑，一邊窺看他。

他的表情還是一樣被鐵盔遮住，完全看不出在想些什麼。

他解開護手，用力揉鬆手指，然後重新戴上護手。

「我來殿後，支援我。」

「來囉～」

礦人道士一拍即合地答應。

說到掩護、支援，除了魔法師之外不做第二人想。

「雪轉化為水，可以和土攪和得很剛好啊。」

礦人道士就像棋子似的轉過來，正視小鬼，雙手朝雪地上一拍。

他的掌中有著足以做為觸媒的黏土塊。

「『土精（Gnome）、水精（Undine），請織出一塊神奇的被褥！』」

地面猛然變形。

冰雪轉眼就融化為水，和柔軟的泥土摻雜在一起，泥濘不斷擴大。

這招「泥陷阱（Snare）」術用對了地方。只要是朝後方施展，冒險者們就不會受到影響。

就和先前典禮時的那一戰一樣，只有哥布林會成為法術目標。

「ＧＡＲＯＢＡ!?」

「ＯＲＡＧ!?」

跑在最前面的幾隻小鬼被泥濘絆倒，立刻就被同伴踩踏。

這樣一來，應該多少能夠減少敵人的數目與速度——照理來說是這樣。

「ＯＲＡＧＡＲＡＲＡＵ！」

下一瞬間，小鬼聖騎士的禱詞迴盪在戰場上。

結果發生了不得了的事情！

眾多小鬼身上籠罩起一層淡淡的燐光，若無其事地踏過了泥沼！

「這、這……!?」

事態太出乎意料，讓礦人道士瞪大了眼睛。

敵人若只是普通的小鬼，勢必不會發生這種情形，但敵人的首領是小鬼聖騎士。

十之八九是「抗魔（Counter Magic）」的神蹟。礦人道士懊惱地咬了咬牙。

「可惡！區區小鬼，還真會耍小聰明……！」

「既然這樣，靠得住的終究還是弓箭啊。」

接著妖精弓手的箭破風而出，射進小鬼軍團之中。

這枝箭就像穿針引線似的，從小鬼們的縫隙間穿過，射向小鬼聖騎士——

「GAROARO!?」

「……啊！」

妖精弓手忍不住啐了一聲。一隻小鬼衝到小鬼聖騎士身前，替牠挨了這一箭。

「啊啊，真是的！我明明射得那麼準……！」

「數目減少了。換手。」

說著哥布林殺手頂到後方。

接著隨手一劍，砍翻了追上來的小鬼。

再朝進逼而來的另一隻小鬼擲出劍，解決了這一隻，踢起腳下的標槍，抓住。

「八、九。」

他空揮幾下標槍，檢查槍的狀況，接著又轉過身去，繼續撤退。

「不能就這麼回村莊。前方有個山谷吧。」

「如果貧僧的記憶沒錯，離這裡不怎麼遠。」

「那麼，就去那裡。」

他回身擲出標槍，貫穿一隻領頭小鬼的胸膛，把牠釘在雪地上。

「來，嚙切丸！」

「有勞。」

礦人道士從背上的大批兵器中抽出一把劍，輕輕扔給哥布林殺手。

將敵人的兵器與屍骨留在後頭，自己繼續前進，這樣的戰法，難處就在於無法補充武器。

砍倒一兩隻，血脂導致刀刃變鈍後，哥布林殺手將劍轉過來握持。

「哼……！」

一聲悶響響起，哥布林的頭骨被劍鍔與劍柄擊碎。

這種用護手握住刀刃，把劍當戰鎚揮舞的殺招，一擊就確實奪走了哥布林的性命。

「十三！」

他揮去腦漿，對下一隻小鬼祭出殺招。

這隻小鬼奢侈地穿了皮甲，哥布林殺手就以劍鍔連人帶甲擊穿其胸膛，再順著小鬼倒下的勢頭放開了劍。

「下一把要來囉！你喜歡十字鎬，還是鏟子？」

更換兵器的空檔，則由妖精弓手的快手爭取。

「什麼都好、趕快決定、啦！」

甫見她從箭筒抽出三枝箭，下一瞬間，這些箭全都被弓弦彈了出去。

幾乎同時被射穿的哥布林，連慘叫都沒發出來，接連倒地。

這樣就是十六。

哥布林殺手不猶豫。

「長柄的。」

「那就給你鏟子！」

他以雙手握住扔來的鏟子，撥打、重擊、穿刺，小鬼的鮮血與屍骨累累在地。

為了善用他們努力爭取來的寶貴時間，兩名少女迅速繞到蜥蜴僧侶背後。

「請再加把勁……！」

「……！」

「慚愧……！」

女神官與千金劍士用上整個嬌小的身軀，推著蜥蜴僧侶的背往前走。

真沒想到默默搬運俘虜的龍牙兵，會讓人覺得如此可靠。

而哥布林殺手把鏟子當標槍一般擲出，又殺了一隻。

「十九！」

冒險者六名、救出的俘虜四名，多如牛毛的小鬼軍隊，以及小鬼聖騎士。

雪中的撤退戰，就這麼進行下去。

每個人都拚了命，決死抗戰。

呼出的氣息泛白，視野模糊。腳底的感覺被冰雪凍得靠不住，身體卻很火熱。

用劍殺到二十，妖精弓手的箭到二十四，換上斧頭二十五，擲出柴刀二十七，又是一箭。

在朝陽升起的同時所展開的戰鬥，小鬼的屍骨已經多達三十，仍未有結束的跡象。

死屍累累。這場戰鬥演變至此，除非冒險者或哥布林當中的一方被屠戮殆盡，否則就不會結束。

雖說剿滅哥布林的任務，終究都是如此——

「你們先走。」

哥布林殺手這麼說，是在眾人終於抵達山谷的時候。

只聽這句話，會覺得他是不惜犧牲自己。

倘若如此，就和先前的蜥蜴僧侶一樣，聽來也許像是要眾人丟下他逃跑。

但他那一如往常、平淡而無機質的嗓音中，並沒有這種悲壯的色彩。

「我要在這毀了牠們。」

哥布林殺手做出這種決斷性的宣言，眾人視線因此集中到他身上。

「辦得到嗎？」蜥蜴僧侶問了。

他將兩名俘虜改抱到身前，為的是萬一有什麼狀況，可以用自己的背來當盾牌。

「當然。我沒打算拖回村子去。」

哥布林殺手簡短回答，轉頭看向礦人道士。

礦人道士拿他沒轍似的輕鬆一笑，聳了聳肩：

「嚙切丸，剛才那一回合，就把武器都用光了。」

「既然如此，小鬼殺手兄就拿貧僧的去用吧。」

「感謝。」

這次他接下的不是礦人道士提供的兵器，而是經「研磨（Sharp Teeth）」神蹟強化過的牙刀。

這樣一來，蜥蜴僧侶所施展的神蹟已經達到四次，全部施放完畢。

「我是想多少支援你啦……可是歐爾克博格，你箭還有剩嗎？」

妖精弓手一路上持續一箭接著一箭地射擊，不由得嘆了口氣。

她以樹木為友，只要有枝葉，就能製作箭來補充，然而……

在這放眼望去盡是白銀的世界裡，自然無望找到枝葉。

「用我的投石索。」

哥布林殺手一邊空揮牙刀，一邊從雜物袋抽出一只袋子扔去。

妖精弓手伸手在空中一接，便聽見石頭在袋子裡擠壓的聲響。

「我討厭投擲呀……」

妖精弓手用力皺起眉頭，長耳朵沮喪地垂下。

但狀況也不容她挑剔，只好把石頭捲到投石索上，礦人道士苦笑著說：「畢竟妳技術很差嘛。」

「要賭就賭大一點，我想現在就是把剩下的法術用光的時候。嚙切丸，你說呢？」

「再省也沒意義。管他的！」

就當作是為了消耗敵方神蹟，礦人道士再度施展了「泥陷阱」的法術。

而小鬼聖騎士也再度懇求「抗魔」，腳步並未受到多大影響，然而……

創造出來的這一拍空檔非常寶貴。

女神官跑向深呼吸一口氣的哥布林殺手身邊。

「哥布林殺手先生，請用藥水（Potion）……」

「感謝……神蹟妳要留著喔。」

「那當然，因為你都交給我了嘛。」

他拔去遮向自己的小瓶瓶塞，一口氣喝完，期間女神官殷勤地幫他整備。

檢查鎧甲的扣具，拍掉雪與髒汙以免妨礙身體動作，結印對天神祈禱。

「慈悲為懷的地母神啊，還請賜予您的聖寵……」

絕對無法引發神蹟，卻是非常純真的祈禱，以及祝福。

哥布林殺手並不認為這種祈禱沒有意義，或是白費工夫。

他不想讓自己變得傲慢，甚至到會拒絕別人為他盡任何心力的地步。

藥水效果慢慢行遍全身的當下，他將小瓶子往雪中一扔。

他歪了歪鐵盔，像是不知道該說什麼才好，於是瞪著從遠方接近的小鬼之後……

「我有計策。」

總算說出四個字。

「好的。」女神官坦然接受了這句話。

那並非出於愛戀、依賴或盲從。

就只是因為相信。相信哥布林殺手。相信眼前的他。

哥布林殺手正面回視她率直的眼眸。

然後點點頭。這樣就夠了。

「『聖壁』該怎麼用交給妳判斷。此外……」

哥布林殺手將視線默默轉往千金劍士身上。

「……」

豐滿的胸部緩緩起伏，當事人正在調整呼吸。

她想必是在準備發動法術。這點哥布林殺手也看得出來。

既然如此，就不需要複雜的指示。

「我一打信號，妳就動手。」

她搖動蜂蜜色的頭髮點頭，哥布林殺手對她又補充了一、兩句話。

千金劍士不明所以，歪了歪頭，帶得頭髮往旁傾瀉，然而……

「……知道了。」

只要聽到這回答就夠了。

少許的時間內，該做的事情都已做完。

不會再有別的準備工作。

哥布林殺手瞪向天上。

想來那些高高在上的棋手還是老樣子，始終在擲著骰子。

「那麼，我們上。」

話一說完，哥布林殺手猛力踢散積雪，飛奔而出。

視線所向之處，是小鬼的軍隊。團隊成員相視點頭，帶同俘虜，開始與他拉開距離。

咻咻飛過的是妖精弓手擲出的石彈。一發，兩發。她不習慣的投擲，仍舊擊斃了小鬼。

很夠了。

為了迎擊哥布林殺手而跳出來的……

「IGARURUARARA！」

是小鬼聖騎士。

「唔……！」

這是他們二度交手。

「IGRUAA！」

鏗一聲清脆的聲響，刀與劍在雪地上碰出火花。

哥布林殺手送出的牙刀，被小鬼聖騎士的輕銀劍擊得盪開。

兩人腳下的雪有如煙塵般掀起。

小鬼聖騎士再度挺劍刺來，哥布林殺手用牙刀卸力、撥開這一劍。

他再度舉刀回刺，刀刃也被小鬼聖騎士以輕銀劍敲得偏離目標。

「學起來了嗎。」

「IGAROU！」

小鬼聖騎士大聲吼叫，哥布林殺手毫不猶豫地朝牠的臉踢起一灘雪。障眼法。小鬼聖騎士嚷嚷著後仰，哥布林殺手乘勢以盾牌砸去。

但響起的只有金屬聲。

小鬼聖騎士也有盾牌。

雖然終究不能說已經運用自如，但情急之下用力舉起的水滴盾，仍然擋住了攻擊。

「……！」

「GROOB！」

兩人用盾牌碰撞推擠，同時畫著圓移動腳步。呼出來的氣息泛白而翻騰。

即使哥布林殺手在力氣上勝出，小鬼聖騎士矮小的個子卻甚至可說是一種威脅。

哥布林殺手往後跳開，避開了用力朝他腳脛強行刺出的利刃。

他試了試會因雪打滑的落腳處，用弄溼的手重新握好刀柄，瞪著冒起白煙的對手。

「GRARAB！」

「……唔!?」

箭頭咚的一聲悶響，撞擊他的頭部。

哥布林的軍隊已經逼近。是其中的小鬼弓兵放的箭。

果然頭盔是必須品。

哥布林殺手搖搖頭，揮開嗡嗡聲迴盪的衝擊，瞪視眼前狀況。

「你這、無禮之徒！」

妖精弓手從遠方隨著罵聲擲來的石塊，越過弓兵頭部，擊中牠背後的小鬼。

她咂舌聲中又擲出的另一發，則命中了小鬼弓兵的肩膀，擊碎了骨頭。

「GRAORURURU……！」

但若要問是否就此完全壓制住了這些小鬼，卻沒這麼簡單。

牠們雖然旁觀小鬼聖騎士的打鬥，但這只不過是因為對牠們而言，這場單挑只是餘興節目。

是因為「狂奔(Lunatic)」的效用消失了……？不。

就只是因為無論這名冒險者最終戰勝，或是戰死，結果都沒有兩樣，牠們才會靜觀其變。

小鬼這種生物，本來就沒有所謂的騎士道精神。

牠們有的，就只是會隨著眼前利益而一變再變的歪理。

無論他打贏，或是打輸，相信在分出勝敗的瞬間，這些哥布林就會大舉撲上。

不能花太多時間。

「……既然如此。」

哥布林殺手翻轉手腕，重新握好劍，深深放低姿勢，舉起盾牌。

小鬼聖騎士看到這姿勢，下流地歪嘴嘲笑。

牠多半是想起了剛才那一戰。哥布林殺手的圓盾上被斬去的邊緣，此刻仍舊缺損。

「ORAGARARARA！」

小鬼聖騎士發出吵嚷聲似的戰嚎，撲向哥布林殺手。

輕銀劍刺出。尋常護具起不了任何作用。

喔喔，看著吧。看著這劍尖如何沒入哥布林殺手的盾牌！

看著輕銀如何輕而易舉刺穿這用皮革、木板與布組成的防禦！

劍刃轉眼間穿透盾牌，劃破手臂，一路貫穿到肩膀的皮甲，帶來了刺穿肌肉的手感。

沿著刀刃滴下的血摻雜冰雪，濺出桃紅色的飛沫。

輕銀劍紮實地刺中，尖銳地剜進了哥布林殺手的肩膀。

小鬼聖騎士聽見了細小的呻吟。一種按捺痛楚的呼聲。牠笑了。贏了。

「你上當了。」

但這一劍到此為止。

輕銀劍無法再往前進。無論如何用力推，刀刃都不再動彈。是劍鍔。

用沉重的金屬打造而出、甚至可做為戰鎚使用的劍鍔，陷進盾牌，卡住不動。

「呶、咕……！」

「ORAGA!?」

而單純比力氣，小鬼自然敵不過凡人。

哥布林殺手連同對方的整條手臂一起扭轉，將貫穿圓盾的輕銀劍一把搶了下來。

不，說得精確一點，是他故意讓劍刺穿盾牌。

若非如此……若非如此。

他又何須特意擺出幹架式的打法給小鬼聖騎士看？

又何必在劍被折斷後，還特意做出試圖用盾牌抵擋的動作？

「哥布林笨歸笨，卻不傻，但……」

小鬼聖騎士這個時候，才第一次看見對手的臉。

從他那被鐵盔遮擋住的、內側的黑暗之中。

看見了一雙發出紅光的眼睛。

「……**你，是個徹頭徹尾的傻瓜！**」

「AGARARARARA！」

哥布林殺手手中牙刀呼嘯而過，毫不留情地咬破了小鬼聖騎士的咽喉。

骯髒的血噴濺出來，進而汙染了白銀的世界。

哥布林殺手護著輕銀劍退開，全身濺滿鮮血……

「GORA、U……!?」

「GROB！GROB!?」

他瞪著這些害怕、嚇呆、在谷底停下腳步的哥布林。

這是再好不過的時機。他就是在等這一刻。

「動手！」哥布林殺手大喊。

「『特尼特爾斯……歐利恩斯……』」千金劍士回應。

接著。

「『……雅克塔』！」

電光亮起。

山有了脈動。

雷槌一路激得大氣沸騰，往前迸射，卻並未擊中這些哥布林。

電光劃破天空穿出，讓每個人都抬頭，跟著看了過去。

閃電擊中的是山峰。

轟然巨響。

震動。

這些跡象所帶來的是……

「喂，這會不會有點不妙啊？」

「……總覺得有不好的預感。」

礦人道士表情僵硬，妖精弓手神經質地擺動長耳朵。

他們應該也明白。

哥布林殺手一**定會搞出大麻煩**。

「唔」。蜥蜴僧侶悟道了似的點點頭。「似乎來了。」

一陣像是戰鼓的節奏，又像是萬馬奔騰的轟隆巨響，不斷逼近。

白色的死亡大軍，一氣呵成地朝山谷奔馳而下。

——是雪崩。

「……！」

也不知道是妖精弓手還是千金劍士發出的哀號。「啊啊真是的！」既然會這麼喊，應該是妖精弓手吧。

「GARAOROB!?」

「ORARAGURA!?」

哥布林發出令人不忍聽聞的慘叫，被湧來的雪吞沒。

牠們無從抗拒，逃也逃不了，連足跡都不剩。

當下第一個跳出來的，是女神官。

現在就是時候。這句話在她腦海中有如天啟般閃過。

她不躊躇，不迷惘。

只見她雙手將錫杖拉向身前，對諸神獻上消磨靈魂的祈禱。

「『慈悲為懷的地母神呀，請以您的大地之力，保護脆弱的我等』！」

鋪天蓋地而來的白色海嘯，碰上隱形的領域，當場裂成兩股，漸漸遠去。

地母神所賜的神蹟保護了眾人的當下——

女神官望了他一眼。

很遠。哥布林的軍隊邊緣。地母神的神蹟之外。孤身一人。

明知太遠，還是忍不住出聲，伸手……

「哥布林殺手先生！」

一切都被抹成白色，就此消失。

§

「……!?他呢……!?」

一切都結束之後，最先起身的是她——千金劍士。

即使受到「聖壁」阻擋，仍然有雪灑到身上，而她拍掉這些雪所望向的地方——

是一片全白。

他們一路走到這一步所展開的一切殺戮痕跡，也全都不見了。

那些哥布林連腳印都不剩，就像幻影般消失無蹤。

「……他、哥布林殺手，呢……？」

她環顧四周，轉過身來。找不到他那充滿特色的盔甲。

所看見的，是手握錫杖重重呼氣的女神官……同伴們的身影。

「大概，在下坡處。如果他被雪沖走的話。」

流瀉到谷底的雪堆裡，到處都伸出了枯木般的小鬼手足。

女神官一邊以凍僵的指尖按住嘴唇思考，一邊望向山腳。

「大概吧。」

妖精弓手見狀皺眉，同時點了點頭。一雙長耳朵細小地抽動。

「遠處還有雪在掉，我看最好還是別太大聲。」

「既然如此，還是徒步去接他比較好吶。」

蜥蜴僧侶軀體猛然一振，拍去身上的雪回答。

他稍作察看，確定一行人、救出的俘虜，以及抱著俘虜的龍牙兵都並未受傷，

於是以奇怪的姿勢合掌。

感恩父祖。因為他聽說葬送可怕巨龍的要因之一，就是轉為極寒的氣候。

「這也算不上是大雪崩，想來應該不至於去到太遠。」

「……你們，不擔心嗎？」

「怎麼可能不擔心？他可是我們的同伴啊。」

千金劍士忍不住發問，礦人道士答得若無其事。

他捻著鬍鬚，從包包裡拿出裝了酒的水袋，喝了一口，打了個嗝。要暖和身體，需要的就是火與酒精。接著他煞有深意地瞇起眼：

「不過啊……你們也知道吧？」

「……畢竟是哥布林殺手先生嘛。」

女神官回答完，有點為難地臉頰一鬆，露出笑容。

即使聽他們這麼說，千金劍士終究無法信服。

一步一步，小心踏穩落腳處而進行的探索——下山。

和先前的撤退戰不一樣，雖然寧靜，路程卻遠得令人覺得昏天暗地。

每踏出一步，千金劍士的心情都十分沉重，愈加低落。

——要不是我說要找回劍。

他是不是就不必做那樣的事情？

是我害的。

沒錯，是我害的。

一切的一切——都是我害的。

「…………嗚。」

因為一切都結束了——不，是因為被丟到這樣的狀況下。

如今她開始正確地認識到，自己的所作所為。

傲慢的計畫。同伴的死。對村莊的襲擊。對俘虜們的救助延遲。以及哥布林殺手。

本來應該做得更順利。更周全。至少，不用失敗得這麼悽慘。

不，真要說起來，要是不來當這什麼冒險者——

腳下的視野漸漸模糊、暈開。

而在這模糊的視野中，有個物體微微一動。

「啊……！」

千金劍士忍不住驚呼出聲，趕緊按住嘴，忍住不叫。

雪地中，這個四肢撐地的影子蠢動。

影子似乎察覺有人接近，抬起頭來。

「搞砸了啊。」

這個人拍去身上的雪，站了起來。

廉價的鐵盔、髒汙的皮甲，腰間沒有劍，手上綁著的圓盾碎裂。

「最該防範的不是窒息，是衝擊。」

但哥布林殺手仍若無其事地說出這麼一句話。

「……哥、哥布林……殺手……？」

她不敢相信。千金劍士會忍不住發出呆住似的疑問，也怪不得她。

「我是。」

「你還有別的話該說吧？」

妖精弓手傻了眼似的問道。

「唔……都平安嗎。」

「這是我們的臺詞……說起來，我就覺得奇怪。」

她忍住頭痛似的揉著眉心，卻又心情大好地搖動長耳朵。

「歐爾克博格怎麼可能毫無考量，把水中用的戒指帶到這種地方來。」

千金劍士猛然驚覺，目光落到自己手上。

從纏在手指上的繃帶縫隙間露出的、失去效力已久的魔法戒指。

『呼吸（Breathing）』的戒指。

雪就是水，換言之，也就是說——……

「……你從一開始，就料到了？」

「或多或少。」

「哥布林殺手先生就是哥布林殺手先生，這我的確是習慣了啦。」

至少還是希望他事先說明。女神官喃喃發完牢騷，怨懟地看了他一眼。

「就算嘴上說不逞強、不亂來，做到這樣還是讓我小小嚇了一跳。」

「別說傻話。」哥布林殺手再度四肢撐地，一邊撥開雪挖掘，一邊回答。

「敵人是有智慧的小鬼。萬一洩漏機密，被對方事先防範怎麼辦。」

「在問怎麼辦之前，你想過我們會擔心嗎？」

「唔……」

「你願意說明吧？從下次開始。」

「……知道了。」

短短的回答。從這粗魯的聲調，讓她能夠輕易聯想到鐵盔下鐵定是張苦瓜臉。

蜥蜴僧侶不由得愉快地咻一聲吐出舌頭，雙顎張成笑的形狀。

「真是，小鬼殺手兄得意的計謀，對神官小姐似乎也不管用。」

「那當然啦，長鱗片的。女人這種生物，可比龍還要可怕啊。」

「哈哈哈哈哈，正是、正是。這實實在在就是世上的真理啊，術師兄。」

蜥蜴僧侶與礦人道士相視而笑。即使疲勞，他們的表情仍然輕鬆而開朗。

妖精弓手拿他們沒轍似的搖搖頭，將視線從兩人身上移開，望向遠方。

千金劍士跟著看去，映入眼簾的是一片蔚藍的天空。

以及耀眼得幾乎令人流淚的太陽。

「我有一大堆話想說。」

妖精弓手嘴角露出笑容開口。

「不過冒險，還是要這樣才對嘛。」

——冒險。

這句話深深落入千金劍士心中。

以身犯險、闖進怪物的巢穴，踏破迷宮——

一開始的同伴們已經不在，和現在這群夥伴，才剛認識。

是嗎？原來這就是冒險嗎？

「喂。」

「……!?」

忽然聽見有人叫自己，千金劍士猛然轉過身去。

「有了。」

哥布林殺手正拿起從雪中撈出來的這樣物品，站了起來。

在朝陽下閃閃發光的——劍鞘。

他隨手拔出插在盾牌上的輕銀劍，揮去自己沾在劍上的血，用破布仔細擦拭。

然後牢牢收進找出來的劍鞘之中。

「劍是搶到了，但劍鞘掛在小鬼聖騎士腰上，被沖了下來。」

「……啊、啊……」

「搞雪崩果然失策。」

「……嗚、嗚……啊……」

千金劍士用雙手接住遞過來的劍。沉甸甸的。

本來就模糊的視野變得更模糊，害她連連眨眼。

她趕緊揉揉眼睛，但怎麼揉都無法恢復原狀。吸鼻子也沒用。

水珠一顆又一顆，接連滴在輕銀劍上。

哥布林殺手盯著這樣的千金劍士看。說話的聲音平淡而無機質。

「妳很愛哭。」

千金劍士緊緊抱住劍，放聲號泣。

間章

『諸神鬆了一口氣的故事』

結束了？結束了嗎？

俯視盤面的『幻想』與『真實』，戰戰兢兢地對看一眼。

兩人又看了一次盤面，互看一眼，又看了一次盤面，然後露出燦笑。

接著兩位天神啪的一聲相互擊掌。

『幻想』表情一亮，『真實』也心滿意足地雙手環胸，翹起腿來。

諸神倒也並非想折磨冒險者、人們或怪物。

有時犯下失誤，或是骰子擲出的數字太差，就會氣得想宰了這些傢伙。

但這點冒險者也是一樣，一旦幕後黑手現身，他們也會劈頭就殺掉對方。

所以這應該算彼此彼此。

好了，冒險結束了。大成功！

來談談冒險者們的活躍吧。稱頌他們對抗怪物的英勇吧。

讚賞他們克服迷宮裡可怕陷阱的機智吧。

『真實』與『幻想』高興起來，其他諸神也都漸漸聚集過來。

『混沌』在。『秩序』在。『恐懼』、『時間』、『死』，連『天空』都在！

這是在慶祝。是敲鑼打鼓的酒宴。是祝福。

不知道骰子擲出的點數這種東西，是受到「宿命」還是「巧合」的左右。

會擲出好點數，也會擲出不好的點數。

有令人高興的點數，也有令人悲傷的點數。

有冒險者獲勝的點數，也有怪物獲勝的點數。

有辛辛苦苦找到寶箱，卻開鎖失敗的點數。

就是這麼回事。

不管是哭還是笑，擲出的骰子點數都不會改變。

正因如此，才要冒險。

這件事本身，就是無上美妙。

第7章『新的黎明』

After Session

Goblin Slayer

He does not let anyone roll the dice.

「好的～！一年過去大家都還有命在！」

櫃檯小姐充滿朝氣的吆喝聲，迴盪在黎明已經逼近的酒館裡。

「感謝宿命與巧合、秩序與混沌之神，今天我們就鬧個痛快吧！」

「新年快樂！」

冒險者們大聲歡呼，舉起手上的杯子，相互碰響，一飲而盡。

這是何等壯觀的光景？

此刻這個鎮上的冒險者都齊聚一堂，公會內的酒館又豈是「擁擠」兩字就能形容。

正因為今天是漫長冬天結束、新的一年之始，每個人都無憂無慮，放聲作樂。

「所以啊，我呢，去年也在很多方面都很努力啊。」

「也是，呢。」

「長槍揮來揮去地大顯身手、驅除怪物，還累積了魔法方面的經驗。」

「我懂，我懂。」

「所以我和那個滿腦子只想殺光哥布林的怪傢伙，根本比都不用比！」

「好好好。你很努力，很努力。」

長槍手暢談英勇事蹟，藉著酒力大發牢騷。

魔女則在他身旁扭動肉感的肢體，露出美豔的笑容。

「話說回來啊？你也是啊？盡早成家吧？……」

「喔、喔喔……等等，那不是上次妳老媽寄來的信上寫的話嗎？」

「畢竟讓在鄉下的老父老母放心，才稱得上孝順啊……」

「不，我故鄉沒有雙親，這妳明明也知道……」

「……喂，有沒有在聽啊？」

「好好好，我在聽。誰來處理一下這個醉鬼？」

「她不是頭目（Leader）的老婆嗎？請你快點想想辦法啦。」

「同右。」

「請趕快負起責任唷。我們可照顧不了她。」

「我這個守序善良的聖騎士可不會違背誓言喔喔喔！」

「可惡，這些傢伙都沒在聽人講話……！」

另一邊桌上，重戰士的團隊，拿頭目的戀愛話題來下酒，聊得正起勁。

沒多久，學過樂器的人乘興撥起琴弦。

每個人都跟著哼起的這首曲子，是一首徹徹底底樂天的鎮魂曲。

喔喔，冒險者啊——

竟然死了，何其遺憾。

刻在墓碑上的只有短短四字。

因為冒險者啊，我不知道你的名字。

即使你連名字都沒留下就逝去。

冒險者啊，若你稱我為友。

喔喔，我的朋友啊。

竟然死了，何其遺憾。

人們說，冒險者多半是享樂主義者。

說他們連是否還有明天都不知道，自然不會考慮後果。

但這個說法不夠貼切。

活下來的冒險者，多半是現實主義者。

他們充分理解到，追尋夢想、腳踏實地累積實現的手段，但仍無法實現夢想而死的可能性。

正因如此，後悔才更顯愚不可及。

無論是小小的失敗、冒險中的失誤、還是同伴的死。

都得克服並跨越，不然還有什麼辦法呢？

「……凡人真的很喜歡熱鬧耶。」

妖精弓手坐在角落的一張桌旁，看著這喧囂的場面。

「一年到頭，找到機會就喝酒取樂，簡直和礦人一樣。」

「妳說是這麼說，看起來卻也挺喜歡這一套的嘛。是不是啊，長耳丫頭？」

礦人道士雙手抓住烤雞肉，笑容滿面，心情大好。

把酒館為了慶祝新年而準備的五花八門菜色都嘗個夠，自然會變成這種情況。

何況眾人還把酒也喝了個飽，那麼即使不是礦人，也難免會如此。

「哎呀，畢竟是新年嘛，有什麼關係呢？」

妖精弓手一邊對礦人道士瞇起一隻眼睛，小口小口舔著酒喝。

她手上的杯子，裝著加了糖的葡萄酒。

隨後她的目光往旁轉到同桌的同伴身上。

「那麼，妳打算怎麼辦？」

「……是。」

千金劍士微微點頭。

她切得短短的蜂蜜色頭髮已經微微留長，蓋到了肩膀。

只要再長一點，應該能把頸子上的烙印也給遮住。

「……我打算……先去見雙親一面，多談談，再說。」

儘管表情中仍帶著濃厚的陰影，但她依然笑了開來。

儘管換上了不適合冒險的樸素服裝，腰間卻纏著劍帶。

她的佩劍，自然是長短各一的輕銀劍。

只要有這對劍，就不要緊了。她的指尖輕輕撫過佩劍。

「……也得幫過世的同伴造好墳墓，至於要走什麼路，就等忙完了這些再說。」

「嗯，這樣很好。家人跟朋友都要好好珍惜。」

「冰河時期離開，又被白堊層覆蓋，父祖的時代已遠，但血脈仍承繼至今。」

蜥蜴僧侶莊嚴地念誦禱詞，張大巨大的雙顎咬著乳酪。

甘露呀，甘露。他津津有味地搖動尾巴，眯起眼睛，咀嚼，吞嚥，喘一口氣。

「雖然未必是好的血族，但緣分還是應該珍惜。」

「……嗯。呃，這個──」

大概是被他這番話給推了一把吧。

千金劍士臉頰微微染紅，扭扭捏捏，難為情地扭動身軀。

「……我會……寫信。」

她好不容易，才小聲說出這麼一句話。

「好的，無論什麼時候，有什麼話想說，都請寫信告訴我們。」

率先回應的是女神官。

她在神殿做完了過年時節的種種儀式，剛泡過澡，覺得有些暖洋洋的。

女神官的手輕輕牽起千金劍士的手，牢牢握住。

「我也會寫，很多、很多回信。」

「……嗯。我會寫很多，很多，很多……」

「啊，我也要！我一直想寫信給朋友看看！」

三名冒險者少女聊得好不熱鬧。

莞爾看著她們的，是溜到這桌來喘口氣的櫃檯小姐，以及受邀參加的牧牛妹。

「呵呵呵，感情真好耶。」

「就是啊。我是不是也該來寫寫信呢？」

牧牛妹一副「這是狂歡宴會所以無所謂」似的態度，整個人趴到了桌上。豐滿的胸部被壓得變形。

「做著牧場的工作，就不太見得到年紀差不多的女孩子說。」

「就算在公會服務，也差不多喔？」

櫃檯小姐用籤子插起盤上的香腸來當下酒菜，沾了辣醬送進嘴裡，然後點了點頭。

「而且也不太推薦和冒險者培養交情。」

雖然交情我已經給他培養下去了——櫃檯小姐慧黠地眯起一隻眼睛說道。

即便只是小小的交流，五名少女轉眼間已經建立了感情。

時間與友情這種東西，說穿了也許就是這麼回事。

不管怎麼說，一旦演變成這種情形，不自在的當然就是僅有兩名的男性成員。

「倘若小鬼殺手兄也來就好了吶。」

「說得是啊。結果我們還是沒能有機會和嚙切丸這樣喝酒。」

礦人道士拄著臉回應蜥蜴僧侶的牢騷，接著想到了好點子似的彈響手指。

「好，我就把這當作明年的目標之一。」

「你要適可而止啊……說到這個，他大概例外吧。」

妖精弓手哼哼笑地看著他們沒勁的對話，有一句沒一句地說著。

「歐爾克博格，看起來就不是那麼喜歡這種慶典的吵鬧說。」

人稱哥布林殺手的冒險者，並不在酒館裡。

女神官挺直嬌小的身體探頭環顧四周，但還是沒看見。

「他也不像是不會喝酒的人。哥布林殺手先生去哪兒了？」

「啊啊……」

「嗯嗯……」

牧牛妹與櫃檯小姐發出難以言喻的感嘆聲，煞有深意地交換視線。

「……身為兒時玩伴，還是不想把機會讓出去？」

「啊哈哈哈哈哈哈。要說想讓出去，那就是騙人了。」

她笑了笑，把酒送進嘴裡，然後嗯的一聲點點頭。

「……不過，今年，就讓出去吧。」

「說得也是……得公平競爭才行。」

「……？」

一段神祕而意深旨遠的對話。

女神官微微歪頭納悶，牧牛妹搬出了一只放在旁邊的籃子。

「那麼，可以麻煩妳跑腿嗎？」

「跑腿，是嗎？」

「對。」

「呃，我是沒關係……」

「哎呀，這是……便當之類的？」

妖精弓手長耳朵一晃，滿是好奇心地眼神發亮，湊過來看籃子裡裝了些什麼。

「麵包、湯鍋……如果要去外面，我去也行喔？」

「不，森人小姐大概已經有太多機會了？」

阻止她的，是笑得含糊的櫃檯小姐。

「哼嗯～？我是不太懂啦……」

妖精弓手顯得狐疑，櫃檯小姐應了句：「別問別問」幫她斟酒。

妖精弓手拿起再度斟滿的葡萄酒杯，搖動長耳朵舔了舔。

酒精會讓身體暖洋洋的，而身體舒服了，心也自然會變得寬廣。

「我是搞不太懂，不過無所謂啦。」

「那，就拜託妳囉。」

牧牛妹說著，半是不捨、半是過意不去地對女神官一鞠躬。

「啊，好的。呃，那，我該送到哪裡才好呢？」

「嗯。如果和平常一樣，大概……」

§

比牧場更遠離邊境之鎮的原野上。

沒有東西遮蔽，只有風雪呼嘯著吹過。

小小的帳篷，以及一處燈火般的營火。

地平線的另一頭還很暗，即使已經換日，黎明還很遙遠。

一名坐在營火旁的男子，忽然察覺到了什麼似的抬起頭來。

「沒有哥布林在，可以出來了。」

「……什麼叫作可以出來了嘛。」

先出聲的是哥布林殺手。

在他的呼喚下，女神官撥開樹叢，走了出來。

她從街上走了一個鐘頭（註1）來到這裡，嘆氣似的對凍得冰冷的手指呵氣。

雖說披著防寒用的罩衫，會冷就是會冷。

「你在做什麼啊？」

「站崗。」

哥布林殺手的答案簡單明瞭，不出她所料。

「因為慶祝新年，警戒會變薄弱，那些哥布林有可能展開報復攻擊。」

——說到這個，他在慶典的時候，是不是也說過類似的話？

忽然甦醒的記憶，讓女神官隱約有種不好的預感，忍不住問：

「……該不會，每年都來吧？」

「別問傻問題。」

「我、我想也是。總不至於——」

「新年每年都會來。」

——……我的天啊。這個人，真的是，已經沒救了……

事已至此，女神官也不可能還不了解狀況。

註1　原文為「半刻」，日文中的一刻相當於兩小時。

要有人把裝在籃子裡的飯菜送來，也是當然的。

牧牛妹和櫃檯小姐都擔心她，來看過他。

「每年的例行公事。沒有問題。」

「當然有問題！」

「是嗎。」

但當事人只當耳邊風，坐在營火旁瞪著黑暗。

鎮上許多人正歡慶迎接新年的當下，他孤身一人，一直守在這裡。

「真是的，還搭了帳篷，在這裡過夜……」

「畢竟秋天慶典時受到了襲擊啊。沒人能保證不會有下次。」

他把發生過一次的事實，雞毛當令箭似的一再強調。真的是，受不了。

女神官已經連話都說不出來。

風雪就像要填補他們沉默空檔似的再度吹起，呼嘯而過。

「……我花了十年剿滅哥布林。」

哥布林殺手忽然喃喃說起這樣的話來。

十年。

女神官眨了眨眼，這才想到。

想到她至今幾乎從未問過，他以前發生了什麼事。

這個人到底花了多少時間，致力於驅除哥布林？

「所以才能對牠們占到上風。但……也無法確定哥布林不會進步。」

他有一句沒一句地說著，還無意義地攪動營火，像是在填補談話的空檔。

因雪的冰冷而衰退的火焰，熾烈地燃燒起來。

「妳知道小鬼聖騎士（Goblin Paladin），在圖謀什麼嗎？」

「不……」

「是治金。」

雪花激飛飄舞，一陣冰冷的風吹過。

「……怎麼可能？」女神官發出的聲音，比她想像中更加顫抖。

一定是因為太冷吧。在冬天……還下著雪。所以，錯不了。

「但，我想不到別的答案。」

哥布林殺手簡短地說完，將視線移到營火上。

火光的返照，在鐵盔上留下奇妙的陰影。

「礦人的堡壘、挖掘工具、還有那丫頭的輕銀劍。用雷鍛打礦物……既然如此。」

接下來的部分不用說出來，女神官也猜到了。

——……用雷霆鍛打紅色寶石，所製成的利刃。

哥布林幾乎沒有自行打造物品的概念。

既然需要雷，去把雷搶過來就好了。

從那些傻傻的冒險者中所謂的魔法師身上搶來。

只要捉住魔法師，摧毀其抵抗意志，然後讓他們施法到死為止……

以金屬武裝的小鬼軍隊就此誕生。全身披盔戴甲，手持劍盾的小鬼軍隊。

若要說這是類似強迫症的妄想，八成不會猜錯。不確定因素太多了。

究竟從哪裡開始，算是小鬼按照計畫進行的呢？

從千金劍士被盯上開始？還是從牠們占領了礦人的堡壘開始……然而。

「讓這個世界運轉的，究竟是宿命，還是巧合？連諸神也不清楚……」

女神官不由得脫口而出的幾句話，正是這世上的真理。

天上的諸神擲出的骰子，究竟受什麼因素左右，是個莫大的謎。

——也就是說，想了也是白想。

這個問題就和數小鬼的數目一樣，沒有意義。

「對上這樣的對手，能做到什麼地步……當然不能有所鬆懈。」

可是。

這名男性。

花上自己一輩子，在挑戰這樣的難題。

「……實在是，受不了你。」女神官呼出一口氣，雙掌在自己冷得凍僵而緊繃的臉頰上一拍。

「每次開口閉口就是哥布林。」

「唔……」

「偶爾不放鬆一下，身體和精神都會受不了喔？」

她說得像是說笑、像是胡鬧，顯得格外刻意。

女神官手扠著腰，撇開臉，像個鬧彆扭的孩子似的。

「反正比起跟大家一起熱鬧，你一定覺得驅除哥布林才重要吧。」

「……不會。」

「看吧，果然是這樣，至少新年……」

——……不會？

「咦？」

一句不可能從他口中聽到的回答忽然鑽進耳裡，讓女神官湊過去細看他的臉。

她看見的當然是一如往常的鐵盔，連表情也無從得知。

可是在鐵盔底下，似乎，能看出一雙，紅色的眼睛——……

「的確，我有點怕熱鬧。」他說了。「但大家熱鬧，我不覺得有何不妥。」

——……真是的。

女神官重重呼出一口氣。白色的氣息升向天空。

——畢竟難得她把機會讓了給我。好像是這樣。

「你這人真的很讓人操心……比起只有一個戰士，多一個後衛要可靠多了吧。」

「……會很冷。」

「我知道。」

「是嗎。」

她粗魯地回答完，就得到了粗魯的回應。

但他挪動身體，把靠近營火的位子讓了出來。

女神官將平坦的屁股挪了過去。

攤開身上披的罩衫，讓兩個人都蓋到。

「好了，既然決定了，就好好吃飯，努力警戒到早上吧？」

兩人離得這麼近——冒險中明明曾經更靠近——讓她很難為情。

© Noboru Kannatuki

女神官把目光從他身上撇開，把鍋子放到火堆上，攪拌。

她努力讓自己的意識，集中到鍋子裡飄出來的一陣甜美香氣上。

「聽說是燉菜，所以吃了身體會暖和起來的。」

「是嗎……啊啊，對了。有句話我忘了說。」

「是什麼話？」

哥布林殺手微微一笑。

「今年也，請多關照。」

後記

各位讀者好，我是蝸牛くも。

《哥布林殺手》第五集，不知道大家看得還喜歡嗎？

這是個雪山上出現哥布林，所以跑去驅除哥布林的故事，如果能讓大家看得滿意，那就是萬幸了。

這次也承蒙神奈月昇老師為本作畫了美妙的插畫，非常謝謝您。

哥布林在第四集進軍到插畫，在第五集更進到彩頁。果然是哥布林，不斷在繁殖啊。

黑瀨浩介老師，謝謝您每個月都不斷推出帥氣的漫畫版作品。

等到這一集出版時，漫畫版應該已經進行到牧場攻防戰。場面一定很壯觀啊……

還有各位讀者，以及從網路版時代就給予本作支持與愛護的讀者，真的非常謝謝你們。

統整網站的管理員，每次都非常謝謝您的關照，以後我也會繼續努力。

各位遊戲夥伴，一直以來都很謝謝你們。可是我覺得擲出那個數字實在有點太扯。

創作相關的朋友們，以後也請多多關照。多虧大家，我才能繼續寫下去。

編輯部的各位，以及其他所有與本作有關的諸位人士，每次都承蒙各位照顧了。

話說哥布林殺手等人的冒險，也已經順利過了一年。

我認為這全是拜各位讀者所賜。

我自己寫哥布林殺手這部作品寫了一年，也有了許多不同的體驗。

像是各國推出翻譯版、受邀去台灣、廣播劇ＣＤ、漫畫版、外傳。

人生真的充滿了許多意料之外的事。

我愈來愈覺得自己差不多該從床上醒過來了。你已經昏睡一年啦！

前幾天，一位舞女冒險者在酒館瘋狂跳舞，結果很順利地賺到了夠養活全隊的錢。

雖然覺得冒險這門生意實在不划算，但為了揚名立萬，也不能計較。

所謂冒險就是死亡與發現，以前的偉人這句話說得真好。

對了，舞女賺的錢都拿去倒貼主人了。我會養大家的！大家一起吃軟飯吧！

結果被當作全隊的共有存款了。主人真有一套，這個判斷是多麼冷靜而適切？

或許女神官小姐也差不多該好好想想「何謂冒險」這個問題了。

我想，第六集仍會是這種路線，是個出現了哥布林、所以要去剿滅哥布林的故事。

今後我也會全力撰寫作品，還請各位讀者繼續給予支持與愛護。

哥布林殺手

GOBLIN SLAYER!

He does not let anyone roll the dice.

浮文字

GOBLIN SLAYER 哥布林殺手 5

（原名：ゴブリンスレイヤー #5）

著　　者／蝸牛くも　封面插畫／神奈月昇　譯　者／邱鍾仁
發 行 人／黃鎮隆　副總經理／陳君平
總 編 輯／洪琇菁　國際版權／黃令歡、李子琪
執行編輯／曾鈺淳　美術編輯／陳又荻
內文校潤／梁瓏　內文排版／謝青秀
企劃宣傳／邱小祐、劉宜蓉
出　　版／城邦文化事業股份有限公司 尖端出版
台北市中山區民生東路二段一四一號十樓
電話：（〇二）二五〇〇—七六〇〇
傳真：（〇二）二五〇〇—二六八三
E-mail：7novels@mail2.spp.com.tw
發　　行／英屬蓋曼群島商家庭傳媒股份有限公司城邦分公司 尖端出版
台北市中山區民生東路二段一四一號十樓
電話：（〇二）二五〇〇—七六〇〇（代表號）
傳真：（〇二）二五〇〇—一九七九
北部經銷／祥友圖書有限公司
電話：（〇二）八五一二—三八五一
傳真：（〇二）八五一二—四二五五
中彰投以北經銷（含宜花東）／楨彥有限公司
電話：（〇二）八九一九—三三六九
傳真：（〇二）八九一四—五五二四
雲嘉經銷／智豐圖書股份有限公司 嘉義公司
電話：（〇五）二三三—三八五二
傳真：（〇五）二三三—三八六三
南部經銷／智豐圖書股份有限公司 高雄公司
電話：（〇七）三七三—〇〇七九
傳真：（〇七）三七三—〇〇八七
一代匯集／香港九龍旺角塘尾道六十四號龍駒企業大廈十樓B &D室
電話：（八五二）二七八三—八一〇二
傳真：（八五二）二七八二—一五二九
馬新經銷／城邦（馬新）出版集團Cite (M) Sdn. Bhd.
E-mail：cite@cite.com.my
法律顧問／王子文律師 元禾法律事務所
台北市羅斯福路三段三十七號十五樓
二〇一七年十一月一版一刷
二〇一八年十一月一版三刷

■中文版■

郵購注意事項：
1.填妥劃撥單資料：帳號：50003021戶名：英屬蓋曼群島商家庭傳媒(股)公司城邦分公司。2.通信欄內註明訂購書名與冊數。3.劃撥金額低於500元，請加附掛號郵資50元。如劃撥日起 10～14日，仍未收到書時，請洽劃撥組。劃撥專線TEL：(03)312-4212 ・ FAX：(03)322-4621。E-mail：marketing@spp.com.tw

國家圖書館出版品預行編目資料

GOBLIN SLAYER! 哥布林殺手 / 蝸牛くも作 ;
邱鍾仁譯.-- 初版. -- 臺北市 : 尖端,
2017.11- 冊 ; 公分
譯自 : ゴブリンスレイヤー
ISBN 978-957-10-6705-6(第1冊 : 平裝)
ISBN 978-957-10-7069-8(第2冊 : 平裝)
ISBN 978-957-10-7185-5(第3冊 : 平裝)
ISBN 978-957-10-7525-9(第4冊 : 平裝)
ISBN 978-957-10-7804-5(第5冊 : 平裝)
861.57　　　　105008413

哥布林殺手

GOBLIN SLAYER!

He does not let anyone roll the dice.

哥布林殺手

GOBLIN SLAYER!

He does not let anyone roll the dice.